La Canne De M. De Balzac

Mme. Emile De Girardin

LA CANNE DE M. DE BALZAC

I

UN DON FATAL

Il est un malheur que personne ne plaint, un danger que personne ne craint, un fléau que personne n'évite; ce fléau, à dire vrai, n'est contagieux que d'une manière, par l'héréditéet encore n'estil que d'une succession bien incertaine,n'importe, c'est un fléau, une fatalité qui vous poursuit toujours, à toute heure de votre vie, un obstacle à toute chosenon pas un obstacle que vous rencontrezc'est bien plus. C'est un obstacle que vous portez avec vous, un bonheur ridicule, que les niais vous envient; une faveur des dieux qui fait de vous un paria chez les hommes, oupour parler plus simplementun don de la nature qui fait de vous un sot dans la société. Enfin ce malheur, ce danger, ce fléau, cet obstacle, ce ridicule, c'est...Gageons que vous ne devinez paset cependant quand vous le saurez, vous direz: «C'est vrai. Quand on vous aura démontré les inconvénients de cet avantage, vous direz: «Je ne l'envie plus.» Ce malheur donc, c'est le malheur d'être beau.

Remarquez bien ici la différence du genre. Nous disons:

le bonheur d'être belle

le malheur d'être beau

Nous l'allons montrer tout à l'heure.

Quelqu'un a dit quelque part: Quelle est la chose désagréable que tout le monde désire? Ce quelqu'un s'est répondu à luimême: «C'est la vieillesse. «Nous disons, nous: Quel est le fléau que chacun envie?et nous nous répondons à nousmêmes: C'est la beauté. Mais par la beauté nous entendons la véritable beauté, la beauté parfaite, la beauté antique, la beauté funeste. Ce qu'on appelle un bel homme n'est pas un homme beau. Le premier échappe à la fatalité; il a mille conditions de bonheur. D'abord, il est presque toujours bête et content de lui; ensuite, on a créé des états exprès pour sa beauté. Être bel homme est un métier.

Le bel homme proprement dit peut être heureuxcomme chasseur, avec un uniforme vert et un plumet sur la tête.

Il peut être heureuxcomme maître d'armes, et trouver mille jouissances ineffables d'orgueil dans la noblesse de ses poses.

Il peut être heureuxcomme coiffeur.

Il peut être heureuxcomme tambourmajor. Oh! alors, il est fort heureux.

Il peut encore être heureuxcomme général de l'Empire au théâtre de Franconi, et représenter le roi Joachim Murat avec délices.

Il peut être enfin heureuxcomme modèle dans les ateliers les plus célèbres, prendre sa part des succès que nos grands maîtres lui doivent, et légitimer, pour ainsi dire, les dons qu'il a reçus de la nature en les consacrant aux beauxarts.

Le bel homme peut supporter la vie, le bel homme peut rêver le bonheur.

Mais l'homme beau, l'homme Antinoüs, l'Amour grec, l'homme idéal, l'homme au front pur, aux lignes correctes, au profil antique, l'homme jeune et parfaitement beau, angéliquement beau, fatalement beau, doit traîner sur la terre une existence misérable, entre les pères prudents, les maris épouvantés qui le proscrivent, et, ce qui est bien plus terrible encore, les nobles et vieilles Anglaises qui courent après lui.

Car, c'est une vérité incontestable et malheureuseun jeune homme trèsbeau n'est pas toujours séduisant, et il est toujours compromettant.

Peutêtre, dans un pays moins civilisé que le nôtre, la beauté estelle une puissance; mais ici, mais à Paris, où les avantages sont de convention, une beauté réelle est inappréciée; elle n'est pas en harmonie avec nos usages: c'est une splendeur qui fait trop d'effet, un avantage qui cause trop d'embarras; les beaux hommes ont passé de mode avec les tableaux d'histoire.

Nos appartements n'admettent plus que des tableaux de chevalet.

Nos femmes ne rêvent plus que des amours de pages, et, de nos jours, la gentillesse a pris le pas sur la beauté.

Malheur donc à l'homme beau!

Or, il était une fois un jeune homme trèsbeau, qui était triste. Il n'était nullement fier de sa beauté, et, par malheur, il avait assez d'esprit pour en sentir tout le danger. Quoique bien jeune, il avait déjà beaucoup réfléchi. Il connaissait le monde; il l'avait jugé avec sagesse, et il éprouvait ce qu'éprouve tout homme qui connaît le monde: un amer dégoût, un profond découragement. Dans l'âge mûr, cela s'appelle repos, retour au port, douce philosophie; mais à vingt ans, lorsque la vie commence, savoir où l'on va, c'est affreux!

Qu'importe au voyageur qui touche au terme de la route, que des voleurs le dépouillent au moment d'arriver? que lui importe? son bagage était inutile, sa bourse était épuisée, son manteau était troué, ses provisions touchaient à leur fin. Cette perte est légère, il en rit. D'ailleurs on l'attend à sa demeure, et le voyage est terminé. Mais malheur à celui qu'on dépouille au milieu de la route, qui se voit sans secours, sans manteau, sans bâton, sans argent, obligé de poursuivre sa course! Oh! celuilà est triste; il se décourage, il s'arrête, il oublie le but du voyage, et si la Providence ne vient pas à son aide, il se laissera mourir de faim dans un des fossés du chemin.

Il y a des jeunes gens de vingt ans qui ont la goutte, il y en a d'autres qui ont de l'expérience; ceuxlà sont les plus malheureux.

D'où venait donc à ce jeune homme cette élévation de la pensée, cette tristesse de l'esprit? Tout cela lui venait de sa beauté. L'esprit venir de la beauté! ah! cela est nouveau!

Pourtant cela est juste. Tout ce qui nous isole nous grandit, la beauté sublime est une supériorité comme une autre, et toute supériorité est un exil.

Je vous le dis, ce pauvre jeune homme se trouvait isolé parce qu'il était trop beau; il se sentait triste parce qu'il était isolé; et, par degrés, il devint un homme spirituel et distingué parce qu'il avait été triste et méconnu. La douleur est la culture de l'âme, c'est elle qui la fertilise; un cœur arrosé de larmes est fécond. Un chagrin généreux est toutpuissant; il donne au génie la patience, à la faiblesse le courage, à la jeunesse la raison; il peut aussi donner, dans sa munificence, à un bel homme de l'esprit.

II

PREMIER OBSTACLE

Il est encore une infortune dont personne ne parle, et qui cependant ne laisse pas que de nuire dans le monde: c'est d'être affublé pour toute sa vie d'un nom de baptême prétentieux.

Le pauvre jeune homme, avait encore ce ridicule: il se nommait Tancrède!!!

Son père, brave officier à demisolde et voltairien de première force, lui avait donné ce beau nom en l'honneur de son Dieu, et l'unique regret de cet homme était de n'avoir pas eu une fille pour l'appeler Aménaïde.

Tancrède Dorimont! porter à la fois un nom de tragédie et un vieux nom de comédie, et de plus être fait comme un héros de roman!

Recommandez donc à un banquier, à un notaire, à un chef de bureau d'un ministère quelconque, un monsieur qui s'appelle Tancrède Dorimont, et qui est beau comme un ange; je vous demande un peu si cela est raisonnable.

Nous n'avons que faire de ce bellâtre infatué de sa personne, diront ces honnêtes gens; car les préjugés contre la beauté et l'élégance sont aussi forts maintenant que les préjugés contre la noblesse, et l'homme d'esprit se voit forcé de nos jours à prendre, pour cacher ses avantages, toutes les peines qu'il prenait autrefois pour les faire valoir.

Si Tancrède avait eu de la fortune, il ne se serait point aperçu de son malheur. Tout est permis à l'homme riche. Excepté d'être riche, on lui pardonne tout. Mais pour celui qui doit faire sa fortune luimême, de certains ridicules sont des malheurs. Comment persuader à un homme malpropre, mal fait, qui est chauve, qui a des lunettes bleues et des dents noires, qu'un jeune homme beau comme Apollon, qui s'appelle Tancrède, n'est pas un fat, un impertinent, un beau fils, un mirliflore et un paresseux?Et comment alors faire fortune quand on est beau comme Apollon et qu'on a affaire toute sa vie à des hommes malpropres, mal faits, qui sont chauves, qui ont des lunettes bleues et des dents noires, et, de plus encore, toutes sortes de préventions contre vous?

En arrivant à Paris, Tancrède avait remis luimême chez le portier de M. Nantua une lettre de recommandation qu'on lui avait donnée près de ce riche banquier; il avait joint à cette lettre une carte de visite, sur laquelle était son adresse.

Le lendemain, M. Nantua lui avait écrit de sa main un billet fort aimable, par lequel il l'engageait à passer chez lui dans la journée. Les offres de service les plus obligeantes faisaient de ce billet un gage de bonheur; être protégé par M. Nantua, c'était déjà un succès.

Tout allait bien. Tancrède, rayonnant d'espérance, alla prendre un bain, se fit couper les cheveux, mit son plus bel habit, et se dirigea vers la demeure de celui qu'il nommait déjà son bienfaiteur. L'imprudent comptait sur sa belle figure pour capter la bienveillance du banquier, non pas parce qu'elle était belle, mais parce qu'elle rappelait le charmant visage de sa mère, et Tancrède savait que cette ressemblance ne serait pas indifférente à M. Nantua, ancien admirateur de madame Dorimont.

M. Nantua venait de recevoir une nouvelle des plus importantes qui dérangeait toutes ses combinaisons, lorsque Tancrède entra chez lui; mais M. Nantua, comme tous les hommes qui font de grandes affaires, n'aimait pas à paraître affairé; car c'est une chose à remarquer:

Les gens inutiles, qui ne font que de méchantes petites affaires, ont la prétention de n'avoir pas un moment à eux; ils s'abîment dans des paperasses innombrables, ils ne dorment pas, ils dînent en poste, ils embrassent leur femme en mettant leurs gants, ils ne font leur barbe qu'une fois par semaine; enfin ils s'épuisent à paraître occupés, afin de se donner du crédit.

Les hommes trèsoccupés, au contraire, ont la prétention d'être toujours libres; ils font les grands seigneurs oisifs; ils se posent comme de petits Césars et dictent plusieurs lettres à la fois, d'un air nonchalant et distrait, en prenant une tasse de thé ou de chocolat. Leur manie, c'est de ne pas savoir comment ils sont devenus millionnaires.

Nous ne parlons pas de ceux dont l'activité est infatigable, qui entreprennent plus d'affaires qu'ils n'en peuvent suivre. Ceuxlà n'ont pas même le temps d'avoir des prétentions.

L'homme dont il s'agit était de ceux qui ne veulent point paraître occupés. Il cherchait avec beaucoup d'attention un papier, une note, un rapport, que saisje? il feuilletait avec inquiétude les paperasses d'un carton, mais il ne voulait point paraître attacher à cette recherche trop d'importance,il ne voulait pas non plus l'interrompre un moment. Cela était difficile, et voilà ce qu'il faisait.

Ses yeux poursuivaient avec avidité, parmi toutes ces écritures différentes, le nom, la date, le chiffre qu'il voulait trouver, tandis que son oreille à demi attentive s'efforçait de suivre la conversation.

On annonça M. Dorimont.

Faites entrer.

Vous êtes exact, dit le banquier au jeune homme sans lever la tête; fort bien, c'est bon signe. J'ai dit onze heures: onze heures viennent de sonner et vous voilà. C'est bien, j'aime l'exactitude. Dans les affaires l'exactitude est une vertu.

Je ne me serais pas pardonné de faire attendre une minute un homme dont les instants doivent être si précieux, répondit le naïf Tancrède qui croyait dire quelque chose d'agréable.

Pas du tout, c'était deux fois une bêtise.

1° De supposer qu'un millionnaire aurait daigné l'attendre;

2° D'avouer à M. Nantua qu'il le croyait toujours trèsoccupé.

En vérité, mes moments ne sont pas plus précieux que les vôtres. Je ne fais jamais rien... Mais chauffezvous, je vous prie, je suis à vous dans l'instant.

Tancrède s'approche de la cheminée et garde le silence:

Madame votre mère estelle encore à Blois? demanda M. Nantua en lisant toujours ses papiers.

Oui, monsieur.

Vous savez l'anglais?

Oui, monsieur.

Elle ne s'est pas remariée? Veuve à vingtsix ans!!!

Non, monsieur.

Et l'allemand? savezvous un peu d'allemand?

Oui, monsieur. Je sais un peu d'espagnol aussi, je le parle assez bien pour voyager agréablement en Espagne, dit le rusé jeune homme qui savait à quel point les hommes d'argent ont abusé de la Péninsule.

Ah! vous savez aussi l'espagnol? Que vous êtes savant! Vous n'avez pas été élevé à Paris?

Tancrède ne put s'empêcher de sourire de la naïveté de cette épigramme.

Non, monsieur, repritil, j'ai été élevé à Genève. Je ne suis resté au collège Henri IV que deux ans.

Quel âge avezvous?

Vingt et un ans.

Le banquier leva les yeux à ces mots, et jeta sur Tancrède un coup d'œil rapide; mais Tancrède tournait la tête en ce moment, et l'on ne pouvait voir son visage.

Vous êtes grand pour votre âge, dit M. Nantua en riant.

Puis il pensa:

Il a l'air fort distingué ce jeune homme, il me plaît; d'ailleurs j'ai le désir d'obliger sa mère... Oh! l'aimable femme... Si j'avais été riche à cette époquelà!...

Eh bien, c'est convenu, ditil; demain vous viendrez ici comme de la maison. Ah! vous savez l'espagnol? c'est bien, trèsbien; précisément je crois pouvoir vous employer... C'est trèsbien... Ah!... s'écriatil tout à coup en s'interrompant.

Puis il garda le silence, et se mit à parcourir d'un œil inquiet le papier qu'il venait de trouver.

Pendant ce temps, le jeune homme se disait:

Je m'étonne que M. Nantua, si grand admirateur de ma mère, ne soit pas saisi de ma ressemblance avec elle.

Tancrède, dans la modestie de son attitude, ne s'était pas aperçu que le banquier ne l'avait point encore regardé.

Enfin M. Nantua se leva; sa figure était radieuse, il avait trouvé le renseignement qu'il voulait, et tout ce qu'il méditait d'accomplir se trouvait possible avec ce document.

L'espérance produit la bienveillance et la générosité chez les nobles natures; il n'y a que les cœurs envieux et médiocres qui se resserrent et se ferment à l'approche du bonheur.

M. Nantua retrouvant tout à coup la chance d'exécuter un grand projet, qu'un obstacle survenu soudain avait un moment dérangé, se sentait dans une de ces bonnes dispositions de l'esprit où l'on aime à faire le bien, non pas pour le plaisir de faire le bien en luimême, mais pour faire partager à un autre la joie que l'on ressent. Ce n'est pas un homme heureux que l'on veut, c'est un esprit content que l'on excite, afin que sa disposition s'harmonise avec la nôtre. C'est un convive que nous invitons au banquet qui nous est offert, un convive que nous enivrons pour qu'il partage notre plaisir et que le repas soit plus joyeux.

Ma foi, vous avez du bonheur, dit M. Nantua en s'approchant de la cheminée, car voilà justement une affaire...

M. Nantua s'interrompit tout à coup; son regard resta fixé, comme par enchantement, sur le visage de Tancrède. Le banquier garda quelques moments le silence; immobile, il contemplait son jeune protégé.

Voilà la ressemblance qui fait son effet, pensa Tancrède, c'est bon; si cet hommelà me prend sous son aile, je suis sauvé... Comme il me regarde!...

M. Nantua examinait toujours Tancrède, et mille pensées diverses lui traversaient l'esprit.

D'abord l'apparition de ce beau jeune homme le charma comme l'aspect d'un beau tableau; cette parfaite beauté, dans tout l'éclat de la jeunesse, avait quelque chose de réjouissant qui flattait les regards; puis cette ressemblance si frappante avec une femme aimable qu'il avait eu peur d'aimer, toutes ces impressions parlèrent d'abord en faveur de Tancrèdela nature noble et puissante eut ses droits un moment; mais vint la réaction de la société, et les considérations mondaines eurent leur tour.

Diable! pensa M. Nantua, je ne veux pas d'un Adonis comme celuici dans ma maison... et ma fille, qui est déjà si romanesque, si elle le voyait... Ah! bon Dieu! il ne me manquerait plus que cela; il est gueux comme un rat d'église, ce n'est pas le gendre qu'il me faut; sans compter que ces beaux hommeslà sont toujours bêtes et paresseux.

Vous me voyez stupéfait, ditil tout haut et pour expliquer ce long silence; je ne puis me lasser de vous regarder tant votre ressemblance avec votre mère me frappe.

On m'a souvent dit cela, répondit Tancrède.

Et soudain il se sentit attristé; sa confiance s'évanouissait, et il ne pouvait se rendre compte du motif qui la lui ôtait.

Le fait est que M. Nantua n'avait pas mis, en prononçant ces mots, l'inflexion qu'il aurait dû y mettre. Son accent était froid, son maintien embarrassé, enfin tout en lui trahissait le changement subit qui s'était opéré dans ses projets à l'égard de son protégé.

Déjà onze heures et demie! s'écria M. Nantua en regardant la pendule.

Je vous laisse, dit Tancrède se dirigeant aussitôt vers la porte.

Alors il s'arrêta indécis, car il n'osait plus dire:

J'aurai l'honneur de venir prendre vos ordres demain. M. Nantua devina sa pensée.

À demain, ditil, à dix heures...

Mais ces mots étaient mal dits; on sentait que c'était un mensonge.

Tancrède s'éloigna découragé; pourquoi? Il n'en savait rien; mais il pressentait, il devinait que la protection du riche banquier ne lui était plus acquise, qu'il ne ferait point partie de sa maison, et qu'il fallait, malgré sa bienveillance, tourner ses idées d'un autre côté.

Et le soir du même jour, Tancrède reçut de M. Nantua une lettre infiniment polie et gracieuse, dans laquelle M. Nantua exprimait tous ses regrets de ne pouvoir, par des raisons indépendantes de sa volonté, donner à M. Dorimont l'emploi qu'il lui avait d'abord promis, ajoutant toutefois que, dans le désir de lui être utile, il l'avait recommandé à un de ses amis qui ferait pour lui tout ce qu'il aurait désiré faire.

Le lendemain Tancrède fut introduit chez cet ami, M. Poirceau, directeur d'une nouvelle compagnie d'assurances contre l'incendie.

III

SECOND OBSTACLE

Monsieur Poirceau?...

C'est ici, donnezvous la peine d'entrer.

La peine! je vous jure que c'était bien le mot, car, pour passer cette porte, il fallait faire un véritable siège.

Le palier de l'escalier, appelé vulgairement le carré, était barricadé de banquettes placées çà et là dans tous les sens, et barrant complètement le chemin.

Tancrède, après bien des travaux, parvint dans l'antichambre; là il lui fallut encore s'arrêter.

Un énorme tapis roulé obstruait le passage, derrière ce tapis se trouvait la grande table de la salle à manger crénelée de toutes ses chaises; cela formait un assez gracieux édifice; puis de côté et d'autre, encore des banquettes, puis un marchepied, un guéridon couvert de porcelaines, puis des jardinières en bois de palissandre attendant des fleurs, puis des candélabres attendant des bougies, puis un dessus de table en marbre, puis des paillassons, des pelles, des pincettes, des tabourets, des soufflets et une cafetière dite du Levant.

Tancrède traversa ce chaos sans malheur, il parvint jusqu'à la salle à manger.

Nouvelles difficultés.

Dans la salle à mangerse débattaient les meubles du salon: consoles, canapés; causeuses, fauteuils, bergères, divans; puis venaient les objets précieux: pendule avec son verre toujours menacé, vases de fleurs si beaux qu'on n'y met point de fleurs; buste d'oncle général, toujours ressemblant; table à ouvrages, coffres à ouvrages, et puis le piano. Toutes ces choses tenant avec peine dans la salle à manger, le désordre était à son comble.

Tancrède croyait planer sur les débris du monde comme un autre Attila. Jamais il n'était venu dans une administration de ce genre, il s'imagina que tous ces meubles avaient été sauvés de quelque incendie la veille, et qu'ils étaient là déposés jusqu'à ce que leur propriétaire se fût trouvé une autre demeure.

Il regardait, escaladait une rangée de chaises, tournait un énorme canapé comme on tourne une montagne, rencontrait sur sa route beaucoup de choses, mais il ne voyait personne.

Monsieur Poirceau? demandatil une seconde fois.

Par ici, par ici! cria une voix lointaine.

Tancrède ne voyait encore rien.

Il parvint jusqu'à la porte du salon.

Dans le salonse pavanaient les meubles de la chambre à coucher, heureux de se sentir plus à l'aise.

Mais là on ne voyait encore personne.

Tancrède se dirigea vers la porte de la chambre à coucher, la même voix dit ces mots:

Tiens, Caroline qu'a pas pris les housses!

Au même instant un gros paquet, lancé par une main invisible, vint frapper Tancrède dans la figure, et il se sentit aussitôt étouffé, perdu, abîmé sous un déluge de petites jupes de toutes couleurs, de toutes grandeurs, dont il eut toutes les peines du monde à se débarrasser. Les unes avaient mille petits cordons qui s'accrochaient aux boutons de son habit, d'autres avaient de petites manches dans lesquelles ses bras se perdaient, le tout fortement saupoudré de poussière. C'était un embarras à ne plus s'y reconnaître.

En sortant de tout cela, Tancrède se trouva face à face avec un grand niais de domestique, armé d'un balai et d'un plumeau. Celuici fut un moment déconcerté.

Pardon, monsieur, je croyais que c'était le garçon tapissier qui doit venir démonter les lits, et je m'amusais pour rire... si j'avais su...

M. Poirceau? demanda Tancrède, interrompant ces excuses; puis voyant que la chambre était entièrement démeublée. Mais je crains de le déranger dans son déménagement, ajoutatil.

Nous ne déménageons pas, répondit le domestique, tant que la Compagnie restera ici nous y demeurerons. Je vois que monsieur trouve l'appartement un peu sens dessus dessous; c'est le bal qui est cause de ça; et ce maudit garçon qui ne vient pas...

Un bal, ce soir? Je reviendrai une autre fois.

Oh! ce n'est pas le premier bal qu'on donne ici. Monsieur peut recevoir monsieur; si monsieur veut passer dans le cabinet de monsieur, je vais avertir monsieur.

Il y a peu de nuances dans la gent domestique à Paris. Ou ce sont des insolents qui vous répondent à peine oui et non, ou bien ce sont des amis pleins de confiance qui vous mettent au courant de toutes les affaires de la maison dès le premier jour.

M. Poirceau reçut Tancrède avec cordialité.

M. Nantua s'intéresse vivement à vous, ditil; il vous a chaudement recommandé.

En disant ces mots, M. Poirceau examinait Tancrède de la tête aux pieds; il semblait ébloui d'admiration.

Y atil longtemps, ajoutatil, que vous êtes à Paris?

Deux jours.

C'est la première fois que vous y venez?

Non, monsieur. J'ai commencé mes études au collège Henri IV, et je n'ai quitté Paris que depuis cinq ans.

Vous êtes resté en province?

À Genève, chez un de mes oncles, M. Loindet.

M. Loindet est votre oncle? Eh! mais je le connais beaucoup; il avait une sœur bien belle: seraitce votre mère?

Oui, monsieur.

Ah! sans doute, je trouve une ressemblance... Je me disais aussi, cette figure ne m'est pas inconnue.

Bien! pensa Tancrède, voilà encore ma figure qui fait son effet.

M. Poirceau continua:

Je l'ai connue bien jeune, votre mère; elle était si belle! Ah! tout le monde l'admirait! et puis de l'esprit, du bon sens, raisonnable! C'est une femme de mérite. Où estelle maintenant?

Tancrède répondit à toutes les questions que M. Poirceau lui adressa sur le compte de sa mère, et il se réjouissait de la bienveillance, de l'affection même que son nouveau protecteur lui témoignait.

Cette belle Amélie! elle ne se souvient pas de moi: n'importe! je suis heureux de pouvoir lui être utile. Son fils n'est pas un inconnu pour moi. J'espère que nous nous entendrons. Mais je veux, avant tout, vous présenter à ma femme. Justement, ce soir, nous avons un petit bal; il lui faut des danseurs, et je ne saurais lui amener un plus beau cavalier!

Tancrède se confondit en politesses.

C'est cela, continua M. Poirceau, venez d'abord ce soir, et demain nous parlerons affaires. J'ai ce qu'il vous faut. À ce soir! si vous écrivez à votre mère, parlezlui de son vieil adorateur Poirceau!

Tancrède s'éloigna.

Ma femme sera contente, j'espère, pensa M. Poirceau; elle tient tant à ce que ses danseurs aient bon air! Le beau garçon! Je gage que, dans tous les bals de Paris, on ne trouverait pas un plus beau jeune homme! C'est sa mère, c'est tout à fait sa mère! Ce garçonlà me plaît. Je suis content de l'avoir chez moi; ce doit être un brave jeune homme; et puis M. Nantua paraît en faire grand cas.

Ce disant, le directeur de la compagnie d'assurances contre l'incendie rentra dans son appartement.

Tancrède retourna chez lui, ravi, enchanté de l'accueil qu'il avait reçu.

Ma foi, j'ai du bonheur; tout le monde me veut du bien: voilà ce banquier qui me recommande, ce directeur de la compagnie d'assurances à primes contre l'incendiec'est un peu longqui me protège; allons, je ferai mon chemin. Il me plaît, ce vieux bonhomme; il est franc, joyeux, il donne des bals; j'aime ça.

Et Tancrède se mit doucement à écrire à sa mère pour lui faire partager ses espérances.

Le soir, il se rendit au bal.Quelle différence! il ne reconnaissait plus la maison.

Où est donc la porte? Il me semble être entré par là ce matin.

Point de porte! une grande glace l'avait remplacée; puis des caisses de fleurs, des tapis dans l'escalier. Tancrède ne pouvait comprendre comment, du matin au soir, on avait pu produire de si prompts embellissements.

Comme il entrait, M. Poirceau vint le prendre par le bras. Tancrède ne savait pourquoi ce monsieur venait le chercher; il ne reconnaissait pas non plus M. Poirceau.

Le bonhomme avait aussi subi quelques embellissements. Ce n'était plus le joyeux compère qu'il avait vu le matin, maître chez lui, avec son bonnet de soie, sa robe de chambre et ses pantoufles de tapisserie.C'était un hôte affairé, perdu dans une cravate, triste dans un habit, gêné dans un salon, tourmenté de mille niaiseries, mais, du reste, bon et bienveillant.

Madame Poirceau est par ici, je vais vous présenter à elle.

Tancrède s'avança vers la maîtresse de la maison.

La présentation s'opéra en silence.

Madame Poirceau jeta à peine un coup d'œil sur le beau danseur qu'on lui avait tant annoncé, toute préoccupée qu'elle était de l'arrivée d'une grosse Allemande couverte de bijoux et de fleurs, qui paraissait un personnage d'importance.

M. Poirceau fut mécontent du peu d'effet que son protégé fit sur sa femme.

Venez, ditil, je vais vous présenter à ma nièce.

La nièce de M. Poirceau était une trèsjolie personne que, par un de ces hasards qu'on met dans les romans, Tancrède avait déjà rencontrée à Genève. Une reconnaissance s'ensuivit; madame Thélissier accueillit M. Dorimont fort gracieusement. Elle était engagée pour plusieurs valses et contredanses; mais elle trouva moyen d'embrouiller si bien ses engagements, qu'elle fut libre, et put valser assez légalement avec luice qui attira bien vite l'attention de toutes les femmes sur notre Apollon.

Avec qui valse donc madame Thélissier?

Connaissezvous ce jeune homme qui valse avec la nièce de M. Poirceau?

Demandez donc à madame Poirceau le nom du monsieur qui valse avec Malvina.

Monsieur Bénard, dit une vieille femme, tâchez donc de savoir quel est ce monsieur qui valse avec madame Thélissier?

Personne ne le connaît, c'est un sauvage.

Je crois plutôt que c'est un Anglais.

Puis, dans le salon voisin, une jeune personne qui peignait à l'huile s'écriait:

Quelle tête admirable! quelles lignes! c'est Endymion!

Et ses regards s'attachaient avec joie sur le bel inconnu.

La peinture est une émancipation pour les jeunes filles; elle leur donne le droit de regarder les hommes en face et en détail; l'admiration purifie tout.Si j'avais une fille, elle peindrait le paysage.

Plus loin, un groupe de vieilles femmes s'exprimaient ainsi:

C'est un malheur d'être aussi beau que cela.

Je le crois bête à manger du foin.

Ah! vous voilà bien avec vos préjugés, dit une élégante de l'Empire. De mon temps les hommes étaient fort beaux, et je vous assure qu'ils avaient de l'esprit.

Vous voulez dire qu'on leur en trouvait.

Voici madame Poirceau, demandezlui vite le nom de notre Adonis.

Madame Poirceau ne savait pas de qui on voulait lui parler; elle n'avait point regardé Tancrède, et n'avait pas écouté ce que son mari lui avait dit de lui.

Comment! vous ne savez pas que vous avez chez vous une merveille? Voyez donc làbas, le beau valseur de votre nièce; on ne parle que de lui, il fait événement dans votre bal, qui du reste est charmant.

Madame Poirceau se repentit alors d'avoir fait si peu de cas d'un personnage qui donnait à sa soirée tant d'éclat. Elle se rapprocha de sa nièce et saisit l'occasion d'adresser quelques mots obligeants à M. Dorimont. Tancrède saisit à son tour cette occasion de prier madame Poirceau de lui accorder une contredanse, et la sixième lui fut promise comme une faveur.

Madame Poirceau était dans l'âge où l'on danse encore, car la vie des femmes se divise ainsi:

L'âge où l'on danse, mais où l'on n'ose pas valserc'est le printemps.

L'âge où l'on danse, où l'on valsec'est l'été.

L'âge où l'on danse encore, mais où l'on préfère valserc'est l'automne.

Enfin, l'âge où l'on ne danse plusc'est l'hiver... l'hiver toujours rigoureux de la vie.

Madame Poirceau était belle selon les principes de l'art, laide selon les lois de l'amour.

Belle en ce que ses traits étaient d'une parfaite régularité; laide en ce qu'ils manquaient d'harmonie.

Elle avait de ces visages superbes à raconter et point du tout à regarder; cette beauté de passeport qui séduit le vulgaire, yeux grands, nez aquilin, bouche petite, front haut, visage ovale, menton rond.Pour se faire aimer par ambassadeur, comme les princesses, madame Poirceau aurait pu envoyer son signalement, mais pas son portrait.

N'importe; c'est ce qu'on appelle une belle femme, une poupée parfaite, à ressorts invisibles, une figure de cire, impassible, invulnérable, jamais défrisée, jamais déshabillée;toujours parée, serrée, pincée, corsée,pas un cheveu qui voltige, pas un ruban qui folâtremadame Poirceau ne s'assied jamais que sur une chaise; elle semble parée dans sa robe de chambre, cuirassée dans sa douillette, armée dans sa robe de bal. Elle suit toutes les modesavec goût, avec plaisir?non, mais avec conscience. Son coiffeur est le premier coiffeur de Paris, Charpentier, je crois, et quelle que soit la coiffure qu'il a plu à Charpentier de lui faire, elle la respecte, elle se garderait bien d'y toucher. Cette coiffure lui est désavantageuse?qu'importe! cela ne la regarde pas; cette guirlande est lourde?qu'importe! elle n'en est pas responsable; une épingle lui entre dans la peau?qu'importe! elle y reste, l'ôter dérangerait la coiffure.

Même respect pour la couturière. Je vous l'ai dit, madame Poirceau suit les lois de la mode aveuglément, les lois du monde scrupuleusement, les lois de la nature raisonnablement. Elle est sévère, mais point méchante; elle ne sourit que les jours où elle donne un bal; elle dit d'un air pédant que les femmes ne doivent point s'occuper de littérature; elle parle ménage comme un professeur; elle a l'esprit lent, et regarde comme un mot inconvenant toute plaisanterie qu'elle ne comprend pas. Sa présence jette un grand froid partout où elle vient; son arrivée fait l'effet d'une porte qu'on ouvre dans une loge au spectacle. Quand elle doit passer la soirée chez une amie, cette amie en prévient ses habitués; ils ne viennent pas ce soirlà. Les hommes la craignent comme l'ennui, les femmes l'appellent: la belle madame Poirceau. Elle fait valoir les plus laides; pourtant on l'invite rarement, non qu'elle soit importune; elle ne s'occupe jamais des affaires des autres; elle est discrète et immobile: c'est une statuemais une statue à qui il faut faire des politesses; c'est ennuyeux.

Eh bien! ces femmeslà font les mêmes folies que les autres! c'est révoltant!

Madame Poirceau ne fut frappée de la beauté de Tancrède que comme maîtresse de maison. Un si beau jeune homme n'était nullement dangereux pour elle: madame Poirceau ne se serait jamais permis d'aimer, dans sa position, un homme aussi remarquable.

Cachez donc une intrigue avec un héros comme celuilà!Les prudes savent s'imposer de grandes privations; elles ont en cela plus de mérite que les femmes vertueuses: cellesci, du moins, ont pour elles la vertu, les autres n'ont pas même l'amour.

Madame Poirceau n'avait que faire des hommages de Tancrède, elle avait depuis longtemps trouvé l'homme qu'il lui fallait, et elle s'en tenait là.

Or, voici l'homme qu'elle avait choisi.

C'était un monsieur âgé de trentecinq ans, haut de quatre pieds huit pouces, employé dans l'Enregistrement. Une position honorable dans le monde, une fortune aisée, des succès dans plusieurs genres, rien n'avait pu le consoler du malheur d'être petit. Depuis l'âge où il s'était avoué qu'il ne grandirait plus, cet homme était malheureux.

Tout ce qu'on imagine pour se hausser à l'œil des autres, il l'avait employéil portait un chapeau à haute forme, des bottes à hauts talons, et se tenait droit comme une girafe; il se levait continuellement sur la pointe des pieds, comme un homme qui veut voir défiler un cortége. Cette idée de se grandir le préoccupait sans cesse; il aurait donné la moitié de sa fortune et plusieurs années de sa vie pour être un homme ordinaire, pour atteindre cinq pieds deux pouces.

Les petits hommes qui se résignent ont quelquefois beaucoup de grâce; ils ont alors tous les avantages de leur taille, la souplesse, l'agilité, la légèreté; ils peuvent être ce qu'on appelle gentils. Mais les petits hommes qui se révoltent contre la lésinerie de la nature envers eux, qui luttent follement avec elle, ne peuvent jamais être gentils; ils sont ridicules, toujours ridicules, comme toutes prétentions frappées d'incapacité; de plus, ils sont méchants, malveillants, dénigrants et envieux.

Quand on parle d'un homme qui déplaît, on dit qu'il a l'air content de luieh bien! je dis, moi, que je connais une chose plus déplaisante encore: c'est un homme qui a l'air mécontent de lui.

Celuilà ne vous fera grâce de rien: vous ne pourrez jamais l'apaiser; les flatteries mêmes l'irritent; la politesse lui semble de la pitié, une prévenance, une charité: il est humble à désespérer, susceptible à faire mal aux nerfs; on ne sait par quel mot le prendre.Si vous le priez à dîner, il vous répond: «Merci, non; je me rends justice, je suis trop maussade pour un convive.» Si vous l'engagez à venir entendre des vers, de la musique: «Non, merci, ditil; je suis un être trop obscur pour faire partie d'une réunion si brillante.» Si vous lui proposez une partie de campagne: «Non, merci, répondil; il faut de la gaieté dans ces sortes de plaisirs; invitez vos aimables, ils valent mieux que moi pour cela.» Cet homme ne jouit de rien, n'est propre à rien; il est rongé de modestie, mais d'une affreuse modestie, d'une humilité hostile qui le met en garde contre tout le monde: c'est une lèpre imaginaire qui lui fait fuir ses semblables. Cette maladie est heureusement fort rare en ce pays, et nous n'en parlons que pour la constater.

Notre monsieur était de ces genslà, non parce qu'il se croyait sans mérite, mais parce qu'il se sentait petit, et que sans cesse il se disait à luimêmeque plus il vieillirait, plus il engraisserait et plus il paraîtrait petit.

Pour lui tout était gêne et souffrances. Ce petit corps renfermait un grand cœur plein de haine, d'une belle haine aux proportions herculéennes, toujours vivace, toujours renouvelée, universelle, et cependant partiale; car, s'il détestait tous les hommes en général, il abhorrait en particulier:

1° Tout être doué d'une haute stature; il le regardait comme son ennemi, comme un voleur qui lui avait dérobé six pouces. Une grande taille lui semblait une spoliation, dont il avait droit de tirer vengeance;

2° Tout écolier de douze ans qui le dépassait de quelques lignes et que l'on ne trouvait pas trop grand pour son âge;

3° Tout enfant qu'il voyait grandir et qui menaçait de le rattraper.

Dans un salon, il n'était poursuivi que d'une idée: se placer avantageusement.

Il évitait les hommes trèsgrands, parce qu'auprès d'eux, il paraissait encore plus minime. Il évitait aussi les belles femmes, parce que leur majesté l'humiliait; mais ce qu'il détestait plus que tout au monde, c'était de rencontrer, ce qui était rare, un homme de sa taille!!

Oh! alors il souffrait le martyre, il se sentait appareillé; c'était affreux. Son ridicule s'attelait à celui d'un autre et se complétait; il n'y pouvait tenir. Que faisaitil alors? il prenait son chapeau, le mettait sur sa tête, et il s'en allait.

Eh bien! tout cela n'était rien; il y avait un tourment plus horrible que tous ces tourments, une malédiction qui poursuivait encore cet homme, une fatalité qui mettait le sceau à ses misèresc'était son nom. Ah! ce nom était un hasard bien cruel dans sa position. Quelle amère ironie! quel jeu du sort! quelle épigramme de la nature! quelle mauvaise plaisanterie du destin!! Ce petit homme se nommait M. Legrand.

M. Legrand arriva chez madame Poirceau à minuit moins un quart, en véritable ami de la maison; il était encore plus maussade qu'à l'ordinaire. Il n'aimait pas les bals, les soirées d'apparat, parce que ces jourslà il lui fallait quitter ses bottes à hauts talons, et qu'en souliers vernis il perdait douze lignes...

Toujours élégant! lui dit une mère dont la fille dansaitet l'on sait que les pauvres mères, contraintes à rester assises sur une banquette toute la soirée, sont alertes à la conversation. Le premier causeur qui traverse la salle de danse est bien vite saisi au passage, elles l'attrapent au vol; elles s'ennuient tant!...

Comme vous venez tard! dit celleci.

M. Legrand ne répondit point; deux hommes placés devant lui, lui dérobaient entièrement la vue du bal.Il était furieux; il se sentait si petit, si tristement perdu dans la foule!

Vous arrivez? poursuivit la mère en turban; vous n'avez pas encore vu le phénix dont chacun s'entretient ici?

Puis, s'établissant dans cette plaisanterie, elle ajouta:

Nous avions la compagnie du Phénix, maintenant voici le phénix de la compagnie.

M. Legrand ne goûta point ce jeu de mots.

Je ne sais de quel phénix vous voulez parler, madame, réponditil froidement.

De l'Apollon, du Céladon, de l'Adonis, de la coqueluche de toutes ces dames.

Je ne sais ce que vous voulez dire avec votre Apollon, votre Céladon, votre Adonis et votre coqueluche, madame.

La mère en turban fut blessée de l'affectation que mettait M. Legrand à répéter ses paroles, et pour se venger:

Je pensais, ditelle, que vous le connaissiez, puisqu'il est aussi de la maison.

Aussi était foudroyant. M. Legrand rougit.

Le voici, poursuivit la méchante personne; quels beaux yeux! quel air noble! Le voyezvous?

M. Legrand ne voyait rien; il avait toujours un monsieur devant lui qui lui cachait tout le bal.Enfin, il se révolta, il franchit la foule, et, se faufilant çà et là, il parvint jusqu'à la maîtresse de la maison. Tancrède s'approchait d'elle dans le même instant. M. Legrand l'aperçutil resta médusé. Des ruisseaux de fiel lui parcoururent toutes les veines. La haine, la rage la plus féroce étincelèrent dans ses regards. Il y a des romans où l'on dépeint des nains furieux, des gnomes rageurseh bien, c'était cela.

Tancrède s'avança d'un air serein et gracieux, sans se douter que ses destins se décidaient dans ce petit corps inaperçu; et pourtant, par cette seule présence, tout son avenir venait d'être changé.

En vain il se réjouissait depuis une heure de se voir si bien accueilli, d'avoir pour protecteur un homme qui pouvait, par ses relations, l'aider dans sa fortune;en vain il se préparait une douce coquetterie avec la nièce de la maison, en vain il formait les plus beaux projetstout sera détruit, bouleversé par un petit être inutile qu'il n'a pas même vu entrer et qu'il ne verra pas sortir.

Ô fatalité! c'est la vie.Une petite pierre roulante fera s'abattre un fier coursier; un sot indiscret ou méchant fait avorter les plans sublimes d'un héros.

Vous ne m'avez point oublié, n'estce pas, madame? dit Tancrède à madame Poirceau. Voici la sixième contredanse, celle que vous avez bien voulu m'accorder.

Le petit homme entendit cela et bondit.

Vous n'êtes point de ceux qu'on oublie, répond madame Poirceau.

À ces mots, le petit homme rebondit.

Madame Poirceau n'avait de sa vie prononcé une parole si gracieuse; et ce devait être alarmant.

M. Poirceau vint alors chercher Tancrède pour le présenter à un de ses amis.

Vous ne danserez pas avec ce bellâtre, dit aussitôt M. Legrand tremblant de colère.

Moi! et pourquoi, monsieur? reprit madame Poirceau avec dignité.

Parce qu'il me déplaît.

Il faudra pourtant vous accoutumer à son visage, puisque M. Poirceau le prend chez lui et qu'il vient ici à la place de M. Dupré.

Cela ne sera pas, madame; ce fat ne remplacera pas Dupré, je ne le souffrirai pas.

Mais, monsieur...

Prenezy garde, madame: il faut choisir, madame, entre ce fat ou moi. Vous m'entendez?

il dit.

Et le lendemainlorsque le pauvre Tancrède se présenta chez M. Poirceau pour s'emparer de son nouvel emploi, le respectable directeur de la compagnie d'assurances contre l'incendie le reçut avec mélancolie, et, l'ayant regardé tristement comme un ami qu'il faut quitter, lui tint à peu près ce langage:

Mon cher monsieur Dorimont, vous voyez un homme désolé; il m'est impossible, de toute impossibilité, de vous donner la place que je vous avais promise. J'en suis vraiment bien contrarié; vous me plaisiez tant! tout ce que je savais de vous me parlait en votre faveur. Mais j'ai dû céder, j'ai dû me rendre; ma femme est une femme raisonnable, trèsraisonnable, voyezvous; elle n'est pas de ces évaporées qui aiment à traîner à leur char de beaux élégants, des muscadins, des gants jaunes, comme on dit aujourd'hui. Non, c'est une femme simple, qui ne cherche point à briller, et je ne vous cacherai point que votre extrême beauté l'a effarouchée.

Tancrède, à ces mots, fit un mouvement de surprise; il y pensait si peu à sa beauté! et à madame Poirceau encore moins!

«Il n'est pas convenable, m'atelle dit ce matin, continua cet excellent directeur de la compagnie d'assurances contre l'incendie, il n'est pas convenable qu'un si bel homme entre chez nous, cela ferait jaser; avec un mari vieux et infirme, une femme ne doit point admettre dans sa maison un jeune homme d'une beauté si remarquable, cela serait aller au devant des propos, cela jetterait sur vous du ridicule, et je ne le souffrirai jamais.» Que pouvaisje répondre à cela? rien; tout cela était juste, et il a fallu me soumettre. Les femmes, mon cher, ont souvent plus de tact que nous; et toutes ces choses qui ne m'avaient point frappé, moi, lui ont sauté aux yeux tout de suite. Que voulezvous? chaque avantage a son inconvénient; c'est un avantage que la beauté, mais c'est un malheur quelquefois.

Tancrède ne répondit rien. Ce vieux bonhomme, qui lui parlait depuis un quart d'heure de sa beauté, commençait à l'ennuyeret puis toutes ses espérances renversées pour une si misérable cause! il y avait de quoi se dépiter.

On est étonné, continua M. Poirceau, de découvrir que les gens sont à plaindre, précisément pour ce que l'on serait tenté de leur envier: il faut encore que je vous fasse un aveu.

Allons, pensa Tancrède, qu'estce qu'il va m'avouer, à présent?

M. Nantua, chez qui vous êtes allé l'autre jour, qui vous a si bien recommandé à moi, a renoncé à l'idée de vous admettre chez lui pour le même motif.

Comment! il me trouvait...?

Trop beau, mon cher, trop beau; il a eu peur pour sa fille.

Mais c'est absurde, tout cela! s'écria Tancrède hors de lui.

Non pas, cela est fort prudent, et à sa place j'aurais fait comme lui. Mais écoutez, je m'intéresse à vous. Achille Lennoix, ce jeune ingénieur qui vient d'obtenir la concession d'un chemin de fer de Paris à SaintQuentin, m'a demandé quelqu'un; celuilà est jeune, il n'a point de femme, point de fille à marier, et je crois que vous ferez son affaire. Je lui ai écrit cette lettre pour vous, portezlalui de ma part, et vous serez bien reçu. Adieu, mon beau jeune homme, ne perdez point courage, et ne vous en prenez qu'à la nature des difficultés que vous rencontrez, elle a été trop prodigue envers vous; tout se paie dans la vie. Au revoir, j'espère, et mille regrets.

Ce fut ainsi que Tancrède, refusé pour la seconde fois, se sépara du bon M. Poirceau, directeur de la compagnie d'assurances contre l'incendie.

IV

TROISIÈME ESPÉRANCE

M. Achille Lennoix était un homme plein d'imagination et d'activité, et toujours la proie de ses idées; il avait un coup d'œil prompt; il se décidait vite, et au risque de se tromper; car il prétendait qu'on perd moins de temps à commettre et à réparer une erreur qu'à hésiter entre deux combinaisons et à choisir le meilleur parti à prendre. Il avait tant travaillé, tant sollicité depuis un mois, pour obtenir cette concession d'un chemin de fer de Paris à SaintQuentin, qu'il était tombé maladeet, comme il était horriblement contrarié d'être malade quand une si grande affaire le réclamait, à force de se tourmenter, il se mettait hors d'état de guérir.

Tancrède entra chez lui. M. Lennoix le regarda rapidement des pieds à la tête, causa quelques minutes avec luiet puis sa résolution fut prise.

C'est l'homme qu'il me faut, pensatil. Il a bonne façon, ce garçonlà; il va nous faire honneur: on verra que nous n'employons pas que des maçons.

Ensuite ils parlèrent mathématiques, Tancrède était assez fort en mathématiques; on parla de l'Angleterre, Tancrède s'offrit pour faire un voyage à Londres, sachant parfaitement l'anglais. Il offrit aussi de venir travailler le soir même près du malade, comprenant tout ce que M. Lennoix devait éprouver d'ennui par l'oisiveté où le condamnaient ses souffrances. M. Lennoix saisit cette idée avec empressement. Les deux jeunes gens s'entendirent à merveille.

Après une heure de conversation, Tancrède se retira, et son subit ami lui donna rendezvous pour le soir à sept heures après dîner.

En le voyant partir, M. Lennoix se frotta les mains:

Ce jeune homme me convient, pensatil. D'abord il m'a compris; il a vu tout de suite ce qui me rend malade, c'est de perdre mon temps. Je devinerais que c'est un homme d'esprit, rien qu'à cela.

M. Lennoix était loin de s'alarmer de la beauté du nouvel employé; au contraire, cet air noble et distingué le séduisait. Les gens de mérite sont possibles à séduire par ce qui est bien: il n'appartient qu'aux petits esprits de s'effrayer des avantageset puis les hommes d'imagination ne sont jamais envieux. Ils valent mieux que tout le monde dans leur avenir; personne ne marche où ils vont, personne n'est jamais arrivé où ils prétendent: ils ne peuvent envier ce qu'ils voient, car ce qu'ils rêvent est au delà.

Pendant que M. Lennoix se livrait à ses réflexions, Tancrède se perdait dans un corridor.

C'était l'heure fatale, l'heure de mélancolie et de mystère, où le soleil, qui est encore l'astre du jour pour l'homme des champs, n'est plus, pour le triste habitant des villes, qu'un réverbère à moitié éteint, qu'une lanterne mourante et perfide qui, dans l'ombre, égare ses pas. Sur les grandes places, les quais, les boulevards, il fait encore jourdans les rues, c'est un doux crépuscule, un quasi clair de lunedans l'intérieur des maisons, c'est la nuitet dans les corridors, qu'estce donc? ténèbres, profondes ténèbres!

C'est l'heure de toutes les fautes, l'heure des vols et des aveux; c'est l'instant où la rougeur n'est pas visible, où l'on peut dire: «Je vous aime,» effrontément, et malheureusement on le ditc'est l'heure où l'ouvrière trop laborieuse persiste à travailler et se trompe: cette lueur incertaine égare ses yeux; elle passe, dans un canevas, une maille dans le filet, que saisje? Elle commet une toute petite erreur qui cause par la suite de grands dérangements; c'est enfin l'heure où les antichambres sont désertes, où les domestiques allument les lampes: il y en a même de prudents qui ont déjà fermé les volets avant que les lumières n'aient paru.

Tancrède s'égarait dans une obscurité complète en sortant de l'appartement de M. Lennoix. Il nagea quelques instants dans le sombre corridor, comme sur un fleuve étroit, se retenant des deux côtés au rivage; il craignait un escalier inattendu, ses pas étaient inquiets. En appuyant ses bras aux parois du mur, il rencontra une porte qui céda aussitôt, et il se trouva dans un petit salon fort élégant, que le réverbère de la rue éclairait suffisamment à travers la fenêtre.

Une faible lueur filtrait entre la fente d'une autre porte vers laquelle Tancrède se dirigea. Il frappa légèrement par prudence.

Entrez, dit une assez douce voix.

Tancrède ouvrit la porte.

Pardon, madame, ditil en voyant une petite femme assez jolie et assez jeune s'avancer vers lui.

Monsieur, ditelle, puis elle s'arrêta.

L'aspect du beau jeune homme lui semblait une apparition divine.

Monsieur désire parler à mon...

Elle allait dire mon fils, mais le mot expira sur ses lèvres: elle aurait voulu n'avoir que seize ans.

Je vous fais mille excuses, madame, dit Tancrède, mais il n'y a pas de lumière dans le corridor... et...

Vraiment, monsieur, cela est incroyable. Baptiste! allumez donc la lampe! Baptiste, venez éclairer monsieur.

Baptiste allumait trop de lampes en ce moment pour en avoir une seule à apporter.

Il ne vient pas. Je vais vous éclairer moimême.

En disant cela, madame Lennoix (car c'était la mère de M. Lennoix) prit son bougeoir qu'elle avait allumé pour cacheter une lettre; et, malgré les instances que fit Tancrède, elle le conduisit jusqu'à l'escalier.

Et puis elle le regarda partir.

Cette circonstance n'est rien en apparence, et cependant qu'elle fut terrible!... Ô rencontre fatale!....

Madame Lennoix était dans l'âge où l'on recommence à admirer les beaux hommes. À quinze ans on les admire par instinct; à quarante, par conviction.

Ce qui prouve que les avantages de vanité et de convention mondaines sont des niaiseries, c'est qu'avec l'âge on les méprise; c'est qu'en vieillissant, ce qui est vrai, ce qui est réellement beau, a plus d'attrait pour nous que ces agréments imaginaires, ces qualités factices qu'on trouvait jadis préférables à tout. Ainsi, la femme qui, à vingt ans, choisit un fat mal tourné parce qu'il est duc ou parce qu'il a de beaux chevauxà quarante ans, si elle est veuve, épousera un jeune homme qui n'aura ni célébrité ni fortune.Ainsi, l'homme qui a passé sa jeunesse à courir après de faux plaisirs, de faux honneurs, à cinquante ans se retire dans sa terre pour y respirer un air pur, y semer des sapins et du blé noir, et là il se sent plus heureux.

Estce donc qu'il faut avoir étudié le monde pour apprendre à aimer la nature? Si les jeunes gens savaient cela, que d'ennui ils éviteraient! que de dégoûts, de jours amers ils pourraient s'épargner! comme ils resteraient dans leur ville natale; qu'ils y seraient heureux! Cela me rappelle ces deux charmants vers que M. de La Touche adresse à un de ses amis, en lui parlant des bords enchantés de la Creuse:

Le bonheur était là sur ce même rocher
D'où nous sommes tous deux partispour le chercher!
Ces vers devraient être gravés en lettres d'or à l'entrée de tous les villages. Quelle douce morale ils renferment! quelle leçon!

Madame Lennoix était ainsi revenue, par les effets de l'âge, aux pures émotions du cœur. Elle ne put voir Tancrède sans un trouble plein de charmes, et sa douce image la poursuivait encore lorsqu'elle rentra dans son appartement. Désormais pour elle plus de repos. Les perfides traits de Cupidon l'ont blessée, car le dieu malin s'occupe encore des mères de famille à marier. Elle aussi elle sent qu'elle aime... qui?... toute la question est là.Les passions de madame Lennoix ressemblent aux résolutions de son fils: elles sont promptes.Mille pensées corruptrices et entraînantes viennent aussitôt l'assaillir:

Je suis riche, je suis libre, je suis encore jolie et jeune, puisqu'un architecte m'a prise l'autre jour pour la femme de mon fils; qui m'empêche de me remarier? Mon fils me néglige, ses affaires l'absorbent; il peut s'éloigner d'un moment à l'autre, je resterais seule. Pourquoi ne pas profiter de mes avantages pendant qu'il en est temps encore?

C'en est fait, elle est décidée: c'est une beauté qui n'a pas de temps à perdre.

Tremblante, elle va chez son fils.

Quel est ce jeune homme, ditelle, qui sort à l'instant de chez vous?

C'est un ami de M. Poirceau; il m'est trèsrecommandé par lui.

Estce un jeune homme de bonne famille?

Oui, certainement: c'est le fils d'un officier distingué, M. Dorimont.

Dorimont! c'est un joli nom qui lui va bien. Vous êtesvous entendu avec lui?

Oui; ma mère, parfaitement; il est plein d'esprit, et il m'a paru fort instruit.

Avoir de l'esprit, et être si beau!

Oui, en effet, il est bien.

Bien, bien; mais il est admirable! je n'ai jamais vu un aspect plus séduisant, des traits plus distingués, une physionomie plus expressive: grâce, noblesse, finesse, il réunit tout!

Ah! mon Dieu! comme vous vous enflammez, ma mère, dit M. Lennoix en riant; en vérité, je crois que vous voulez l'épouser.

À ces mots, madame Lennoix devint rouge, rouge comme une jeune fille.

Or, connaissezvous rien de plus pénible, de plus triste pour une personne qui a de la délicatesse dans le cœur, que d'avoir fait rougir sa mère?

M. Lennoix fut d'abord affligé d'avoir causé de l'embarras à une femme qu'il respectait; mais ensuite cette rougeur singulière l'alarma.

Il avait fait une mauvaise plaisanterie, sans nulle idée qu'elle pût s'appliquer aux pensées de madame Lennoix; mais cette rongeur, l'émotion qu'il regardait dans les yeux de sa mère, tout cela lui inspirait, la crainte d'un événement auquel il n'avait jamais songé. Un autre incident vint encore le décider dans ses terreurs.

La sœur de madame Lennoix entra.

Mon neveu, ditelle, quel est ce jeune homme qui sort de chez vous et que je viens de rencontrer dans la cour? Quelle tournure! quel beau visage! jamais je n'ai rien vu de si admirable! Champmartin doit venir dîner aprèsdemain chez moi; il faut absolument, ma sœur, que tu m'amènes ce jeune homme; il y a de quoi tourner la tête à un peintre! c'est à se mettre à genoux!

Allons, bien! voilà ma tante qui s'en mêle, pensa M. Lennoix.

Estce que tu ne l'as pas vu, ma sœur?

Si vraiment, répondit madame Lennoix toute troublée... Mon fils l'a à peine remarqué.

Mon neveu a la berlue, en ce cas! s'écria la tante, qui avait aimé un artiste dans sa jeunesse;il faut être privé de sens pour ne pas voir que c'est le plus bel homme de Paris, du monde entier! Raphaël, Carlo Dolci, Le Poussin, Murillo, n'ont pas, dans tous leurs chefsd'œuvre, un type comme celuilà. Pour moi, je n'ai jamais vu une plus belle tête!

Madame Lennoix ne disait rien, elle restait émue, elle était modeste: c'était son beau jeune homme,à elle qui l'avait admiré la première. Ce n'était plus à elle qu'il appartenait de le louer. Ne lui avaitelle pas offert dans sa pensée son cœur, sa fortune et sa main?... Elle attendait qu'il voulût bien répondre; maintenant, la délicatesse exigeait qu'elle ne se mêlât plus de rien.

Le fils, au regard d'aigle, pénétra dans l'âme de sa mère. En un moment, tous ces fléaux lui apparurent: mariage absurde, fortune partagée, tyrannie d'un beaupère, procès, querelles, déménagement, séparation, enfants, peutêtre! petits frères trèsmal venus, larmes, ruine, drames intérieurs, scènes de famille, ennuis de tous genres...

Et sa résolution fut prise au même instant.

Et le soir même, lorsque Tancrède rentra dans sa demeure pour faire sa toilette, on lui remit un billet de la part de M. Lennoix.

La fièvre avait repris au jeune malade, disait la perfide lettre, et le médecin exigeait impérieusement le plus grand repos; il ne pouvait donc pas songer à reprendre ses travaux de fort longtemps.

Quelques jours après, Tancrède alla s'informer des nouvelles de M. Lennoix. Le portier répondit que M. Lennoix allait beaucoup mieux, et qu'il était sorti.

Tancrède aperçut à la fenêtre madame Lennoix, leurs yeux se rencontrèrent... il devina tout.

La conduite du fils lui fut expliquée par un seul regard de la mère.

Malheur à moi! s'écria Tancrède; toujours des femmes!... et il s'éloigna furieux.

Et comme son désespoir était au comble, il prit le seul parti raisonnable dans sa position. Il alla passer la soirée à l'Opéra.

V

LA CANNE DE M. DE BALZAC

Nous l'avions bien dit, que l'extrême beauté est un malheur pour un homme, surtout pour un jeune homme qui a sa fortune à faire. Vous comprenez maintenant ces paroles, qui d'abord ont paru inintelligibles: «Il était une fois un jeune homme trèsbeau qui était triste,» et vous comprenez aussi pourquoi il se sentait décourlagé, et pourquoi il maudissait la nature.

C'est que trois fois ce pauvre Tancrède avait été repoussé, précisément à cause de cette même beauté qui lui semblait un brillant avantage, et qui n'était pour lui qu'une source de désappointements et de chagrins.

Que faire?... s'enlaidir?Quel homme en aurait le courage!quelle femme le lui aurait conseillé!...

Il alla donc à l'Opéra. Quand un malheur est sans remède, la sagesse est de l'oublier; quand on ignore la route qu'il faut suivre, on se fie au hasard, et l'on fait bien. Le hasard n'est hostile qu'aux gens qui négligent pour lui leurs devoirs;pour l'homme qui n'a rien à faire, et qui a le droit de chercher des aventures, le hasard est toujours favorable.

On donnait Robert le Diable ce jourlà. Tancrède alla se placer à une stalle de l'orchestre; mais à peine il était assis, qu'un objet étrange attira ses regards.

Sur le devant d'une loge d'avantscène se pavanait une canne.Étaitce bien une canne? Quelle énorme canne! à quel géant appartient cette grosse canne?

Sans doute c'est la canne colossale d'une statue colossale de M. de Voltaire. Quel audacieux s'est arrogé le droit de la porter?

Tancrède prit sa lorgnette et se mit à étudier cette cannemonstre.Cette expression est reçue: nous avons eu le concertmonstre, le procèsmonstre, le budgetmonstre.

Tancrède aperçut alors au front de cette sorte de massue, des turquoises, de l'or, des ciselures merveilleuses; et derrière tout cela, deux grands yeux noirs plus brillants que les pierreries.

La toile se leva; le second acte commença, et l'hommequi appartenait à cette cannes'avança pour regarder la scène.

Pardon, monsieur, dit Tancrède à son voisin; oseraisje vous demander le nom de ce monsieur qui porte de si longs cheveux?

C'est M. de Balzac.

Lequel? l'auteur de la Physiologie du Mariage?

L'auteur de la Peau de Chagrin, d'Eugénie Grandet, du Père Goriot.

Ah! Monsieur, je vous remercie mille fois.

Tancrède se mit de nouveau à lorgner M. de Balzac et sa canne.

Mais cette canne le préoccupait.

Comment, se disaitil, un homme aussi spirituel atil une si vilaine canne?Peutêtre contientelle un parapluie; il y a un mystère làdessous.

L'affectationque mettait Tancrède à ne pas regarder la scène, à toujours, toujours lorgner du même côté, donna le change à une trèsjolie femme dont la loge était voisine de la loge de M. de Balzac. La jeune femme minauda, croyant que c'était elle que ce beau jeune homme contemplait.

L'affectationque mettait cette jolie femme à regarder à la même place dans l'orchestre, donna le change au voisin de Tancrède qui se mit à lorgner exclusivement la jolie femme, ne doutant pas que ses regards ne s'adressassent à lui.

Enfin l'affectation de son voisin à lorgner toujours la même femme attira l'attention de Tancrède, qui devina alors clairement que ces œillades étaient pour lui.

La preuve, c'est que, dès que ses yeux eurent rencontré ceux de la jeune femme, elle cessa de le regarder.

Minesrougeurpetite touxboa rejeté sur les épaulespetit gant ôté pour laisser voir une blanche maincassolette vingt fois ouverte et respiréeairs penchésdemisoupirsregards obliquessourires furtifs, toute cette pantomime infaillible de la coquetterie féminine fut au même instant employée pour prévenir Tancrède qu'il allait être aimé.

Il se le tint pour ditet, lorsqu'un peu avant la fin du spectacle, il vit sa jolie conquête se lever et quitter la loge où elle était, il sortit de l'orchestre et alla guetter sa belle au bas du grand escalier.

Elle le vit, et ne sembla pas étonnée; elle oublia d'être émue, mais elle parut méditer un projet.

Sur ces entrefaites passa un député qu'elle connaissait à peine; il était pressé et marchait vite. Elle l'arrêta.

Vous irez demain aux Italiens, ditelle?

En disant ces mots, elle regarda Tancrède.

Moi? répondit le député. Pourquoi cela? je n'y vais jamais. La musique m'ennuie à mourir, je n'aime que les ballets.

La jeune femme s'inquiétait fort peu de ce qu'aimait le député. Elle l'avait fait servir à entendre ce qu'elle voulait dire à un autre. Son rôle était fini, elle lui rendit la liberté.

Pendant ce temps, le bel inconnu jouait aussi sa petite pantomime. Son air parfaitement sérieuxson maintien ultrarespectueuxson regard particulièrement langoureuxexprimaient suffisamment sa pensée.

La jeune femme ne pouvait plus douter de sa victoire; alors elle fit ce que font toutes les coquettesaprès avoir été scandaleusement provoquantes, elles affectent tout à coup une superbe dignité; mais il faut pour cela qu'elles soient bien sûres qu'on ne puisse pas s'y méprendre; elles ne hasardent la dignité que lorsqu'elle ne peut plus leur faire de tort.

Or donc, la fière Célimène de la rue de Provence, voyant que son esclave lui était soumis, s'éloigna noblement d'un pas d'impératrice, sans daigner jeter un regard sur lui, mais se disant tout bas, dans sa vanité satisfaite:

Il a compris.

VI

PRÉOCCUPATIONS

Tancrède rentra chez lui à moitié consolé de ses malheurs. Les distractions ont cela d'agréable, si elles ne chassent pas le chagrin, elles le vieillissent, du moins; les événements même indifférents, que l'on met entre la mauvaise nouvelle du matin et le soir, la reculent presque d'une année; alors c'est un vieil ennui dont on ne daigne plus souffrir. Notre imagination ressemble à nos domestiques, qui, pour nous apaiser quand nous leur montrons une chose cassée, nous répondent avec sangfroid. «Oh! il y a déjà bien longtemps!» C'est absurde, et pourtant cela nous console aussitôt.

Tancrède avait oublié madame Lennoix, son fils et tous les chemins de fer imaginables, préoccupé qu'il était de l'Opéra, de M. de Balzac, de sa canne, et puis de sa nouvelle conquête.

Ce n'est pas toujours un malheur d'être beau, se disaitil, puisque... car enfin... cette femme ne me connaît pas, et si... eh bien! c'est sur ma bonne mine.

Il se coucha et s'endormit. Au milieu de la nuit, il s'éveilla. Il était agité; il ne pouvait s'expliquer ce qui le tourmentait. Il pensait, il pensait, il pensait vite et malgré lui.

À cette jolie femme qui voulait l'aimer?

Non, ce n'était pas un rêve d'amour.

À madame Lennoix qui voulait l'épouser?

Non, ce n'était pas non plus un cauchemar.

Il pensait, vous le diraije?... à la canne de M. de Balzac.

Madame Lennoix, c'était un danger passé.

La jeune coquette, c'était une aventure dont le dénouement était prévu: il n'y avait là ni mystère ni merveilleux; mais cette canne, cette énorme canne, cette monstrueuse canne, que de mystères elle devait renfermer! elle pouvait même renfermer!

Quelle raison avait engagé M. de Balzac à se charger de cette massue? Pourquoi la porter toujours avec lui? Par élégance, par infirmité, par manie, par nécessité? Cachaitelle un parapluie, une épée, un poignard, une carabine, un lit de fer?

Mais par élégance on ne se donne pas un ridicule pareil, on en choisit de plus séduisants.Par nécessité?je ne sache pas que M. de Balzac soit boiteux, ni malade; d'ailleurs un malade qui peut badiner avec cette cannelà me semble peu digne de pitié. Cela n'est point naturel, cela cache un grand, un beau, un inconcevable mystère. Un homme d'esprit ne se donne pas un ridicule gratuitement. J'aurai le mot de cette énigme; je m'attache à M. de Balzac, dusséje aller chez lui le questionner, l'ennuyer, le tourmenter; je saurai pourquoi il se condamne à traîner avec lui partout cette grosse vilaine canne qui le vieillit, qui le gêne, et qui ne me paraît bonne à rien.

Enfin, la preuve que cette canne couvre un mystère, c'est qu'elle me préoccupe; car, au fait, qu'estce que cela me fait, à moi?

Ainsi se parlait Tancrède. Ce raisonnement, qui paraît d'abord une niaiserie, ne manquait pas cependant de justesse. Quand une chose nous est de sa nature trèsindifférente et qu'elle nous préoccupe singulièrement, c'est un indice que nous devons nous en inquiéter. Notre instinct nous inspire, nous avertit, notre intelligence flaire ce que notre raison ne voit pas, car l'instinct c'est le nez de l'esprit... Mille pardons de cette absurdité, malheureusement elle exprime ma pensée.

Après une heure de semblables réflexions, Tancrède se rendormit.

Le matin, en s'éveillant, il se demanda ce qu'il avait à faire: rien, absolument rien. Il n'avait aucun protecteur à aller éprouver, aucune lettre de recommandation dont il espérât quelque bon résultat. C'était le fier désœuvrement du désespoir; et comme il n'avait aucun reproche à se faire, que toutes ses démarches avaient échoué sans qu'il y eût de sa faute, Tancrède se mit à savourer ce qu'il appelait sa liberté. En effet, cet état sera la liberté tant que dureront les mille écus de sa mère.

Pauvre mère! elle avait dit: «Il ne faut pas qu'il arrive sans argent à Paris;» et alors elle s'était mise à l'œuvre, et elle était parvenue à composer mille écuselle avait trouvé ce que les alchimistes cherchent depuis tant d'années: le secret de faire de l'or.

Que de petits diamants, que de boucles d'oreilles, d'étuis, de dés en or, de bracelets, d'anneaux, de ciseaux même il a fallu rechercher, rassembler, et puis faire peser, pour arriver à composer une si grosse somme avec deux mille francs pour tout revenu!

Cette bonne madame Dorimont, que de petits et cruels sacrifices il lui a fallu faire pour parvenir à ce trésor! que d'hésitations et peutêtre de regrets!

Quoi! cette chaîne aussi?

J'y tenais, elle me venait de... mais elle est bien lourde, elle y passera. Cette épingle, c'est mon oncle qui me l'a donnée... je n'ai plus que cela de lui... Ce bracelet est redevenu à la mode, il était joli, c'est dommage; ce collier, comme il m'allait bien! si j'avais une fille, je le lui donnerais... Ces boucles d'oreilles, elles ont toujours été trop pesantes; ce cachet? pauvre Édouard... Cette bague? cher Alfred!...

Et la bague et le cachet vont rejoindre le reste, avec un soupir, une larme, et puis un vieux juif emporte tout cela sous sa redingote bien sale. Il emporte votre passé, vos souvenirs, l'histoire de votre vie, divisée en bracelets, en agrafes, en chaînes, en anneaux. Et pour un si grand sacrifice, vous gardez, vous, un peu d'argent; joyeuse, vous le donnez à votre fils qui ne sait pas ce qu'il vous coûte, qui le prend comme si cela lui était dû, et qui, presque toujours, s'en va le perdre dans une maison de jeu à Paris.

Et vous avez fait alors ce qu'il y a de plus pénible sur la terre, plus amer qu'un désenchantement, plus poignant qu'une humiliation, plus révoltant qu'une injustice, plus accablant qu'un regret; vous avez fait un sacrifice inutile!

Oh! connaissezvous rien de plus déchirant que cette pensée: je pouvais ne pas faire ce qui m'a tant coûté?

Un sacrifice inutile! comme mademoiselle de Sombreuil: boire du sang pour sauver son père, et voir son père monter à l'échafaud. Sentir toute sa vie le sang d'un autre, le sang qu'on a bu, courir dans vos veines, et n'avoir point sauvé celui qu'on voulait sauver! Avoir fait un effort sublime de courage, avoir vaincu le dégoût, l'horreur... pour rien!... Oh! cela fait frémir! Un grand sacrifice inutile... inutile!... c'est presque un remords.

Heureusement madame Dorimont ne connut point ce supplice. Son fils était un bon sujet, et lorsqu'il avait accepté les mille écus héroïques improvisés par sa mère, il s'était bien promis de les lui rendre avec usure.

Avec mille écus et une chambre louée cent francs par mois, on vit bien quinze jours à Paris; et quinze jours, c'est un bel avenir à vingt ans.

VII

FINESSES

Tancrède se souvint toutefois qu'il avait un devoir à remplir; savoir, d'aller au ThéâtreItalien ce soirlà.

La première personne qu'il aperçut en arrivant ce fut sa superbe conquête.

Elle semblait chercher quelqu'un; elle le vit... et ne chercha plus.

Cette jeune femme faisait habituellement beaucoup plus de mines au ThéâtreItalien qu'à l'Opéra. Elle levait les yeux à chaque note de Rubini; elle secouait la tête en mesure pour prouver qu'elle était musicienne. La salle étant plus petite que celle de l'Opéra permettait de mieux apprécier les détails de sa coquetterie, et là elle se livrait à ses avantages avec un abandon qui les faisait valoir.

Tancrède vit bien qu'il ne pouvait faire autrement que d'en être amoureux; mais, pour cela, il fallait aller aux renseignements.

Il questionna poliment son voisin; et pour n'avoir pas l'air trop niais, il affecta l'accent anglais en demandant le nom de cette jolie femme. Par malheur, le voisin était Anglais, et il répondit en anglais qu'il ne la connaissait pas, mais qu'il la rencontrait presque tous les jours aux Tuileries. Par bonheur, Tancrède savait trèsbien l'anglais, et il supporta la manière dont l'autre prononça le mot Thioulliourille. Certes, il fallait bien savoir l'anglais pour comprendre cela.

Après une soirée d'œillades et de roulades, Tancrède retourna chez lui sans autre événement.

Aux Tuileries, le lendemain, il retrouva sa belle.

La dame était fort élégante; elle donnait le bras à sa mère, vieille femme assez mal mise qui promenait un chien.

Elle aperçut M. Dorimont et rougit.

C'était dans l'ordre.

Il y eut un quart d'heure de promenade intelligente.

La jeune femme parut chercher son mouchoir dans son manchon, et laissa tomber un petit portefeuille qui renfermait des cartes de visites.

La mère ne vit rien de cela, ou peutêtre étaitelle accoutumée aux maladresses de sa fille.

Tancrède vit tomber le petit portefeuille, et s'approcha pour le ramasser.

La dame doubla le pas sans faire attention à lui.

Tancrède ne comprit pas cette manœuvre; il resta d'abord immobile, et réfléchit un moment.

La belle promeneuse revint de son côté.

Tancrède l'attendit; puis, s'avançant vers elle d'un air trèsrespectueux:

Ceci vous appartient, je crois, madame? ditil, en lui présentant le portefeuille.

Non, monsieur, reprit l'audacieuse personne, ce n'est pas à moi.

La mère parlait à son chien en ce moment, elle n'avait pas entendu; elle vit alors Tancrède s'éloigner.

Que nous veut ce beau jeune homme? ditelle.

Rien, ma mère, c'est un bracelet qu'il a trouvé... mais j'ai froid, nous allons rentrer.

Les deux femmes sortirent des Tuileries.

Tancrède resta à considérer le portefeuille, sans comprendre cette profonde ruse. Il crut d'abord s'être trompé; il craignit d'avoir fait une bévue. Cependant il ouvrit le portefeuille.

Peutêtre ces tablettes renfermentelles un billet? pensatil.

Cette idée le refroidit: c'était aller trop vite.

Le portefeuille ne renfermait point de billet, mais des cartes de visites, beaucoup de cartes de visites.

M. et madame Montbert, rue de Provence,

Madame Virginie Montbert, rue de Provence,

M. Isidore Montbert, rue de Provence,

Et puis cela recommençait: M. et madame Montbert, madame Virginie Montbert, M. Isidore Montbert.

Ah! bien! j'y suis, pensa Tancrède, c'est pour que je sache son nom.Ô Virginie! s'écriatil en riant, nom charmant! Il me vient une idée...c'est d'aller lui reporter moimême ce petit portefeuille rue de Provence, Je dirai qu'en me promenant aux Tuileries, je l'ai trouvé, et que ces cartes de visites m'ayant indiqué à qui appartenait ce... Imbécile! s'écriatil tout à coup en se frappant le front, c'est cela qu'elle veut, c'est ce qu'elle t'a indiqué si clairement et que tu as été si longtemps à comprendre. Et moi qui croyais avoir trouvé ce rusé moyen... qu'ellemême m'avait donné... Oh! les femmes, les femmes! elles nous sont supérieures en tout. Nous nous croyons bien forts, bien ingénieux, et nous n'avons pas une bonne idée qui ne nous vienne d'elles.

VIII

FATALITÉ

Le bel homme! ah! le bel homme! dit la femme de chambre de madame Montbert, après avoir fait entrer Tancrède dans le salon; le beau garçon! à la bonne heure, celuilà!

Qu'estce que vous avez donc, Adèle? Y atil du monde chez ma fille? dit la mère de madame Montbert.

Oui, madame; et je disais que jamais de ma vie je n'avais vu un plus bel homme.

Madame Pavart entra chez sa fille; elle n'y resta qu'un instant, et ne voulut même pas s'y asseoir. S'étant informée des projets de madame Montbert pour la soirée, elle sortit; mais en fermant la porte:

Prends garde, ma fille, prends garde, ditelle.

Il y avait tout un passé dans ce peu de mots.

Cela voulait dire: «Tu ne seras pas toujours si heureuse; celuilà sera plus difficile à cacher.»

Tancrède voulut reprendre sa conversation. Les progrès qu'il avait faits jusqu'alors dans le cœur de madame Montbert avaient été sensibles: on ne juge pas plus vite qu'elle n'avait aimé.

Mais les paroles prudentes de la mère avaient refroidi la pauvre jeune femme; elle avait pressenti tout le danger. De grands embarras lui étaient apparus, des difficultés sans nombre, un bonheur plein de ronces et d'épines. Elle eut peur un instant.

Tancrède s'aperçut de ce refroidissement; il redoubla de grâce et d'amabilité.

Cette séduction triompha d'une crainte passagère, et madame Montbert alla même jusqu'à engager M. Dorimont à revenir la voir bientôt.

Tancrède s'éloigna trèssatisfait de cette première visite.

Sous la porte cochère, il aperçut un homme qui le regardait attentivement. Cet homme semblait être là pour l'attendre.

Pourtant il n'y avait rien d'étonnant à ce que cet homme fût là. C'était le portier, que la femme de chambre avait prévenu, et qui voulait voir si les éloges de mademoiselle Adèle était mérités.

Tancrède se trouva donc en face de lui, et le portier l'admira.

Une semaine encore se passa en rencontres, en promenades, en langage muet, en regards, et l'amour grandissait chaque jour dans le cœur éprouvé de Virginie; et collationnant tous ses souvenirs, elle sentait qu'elle n'avait jamais aimé de la sorte. Tancrède pouvait se dire, dans toute la puissance de ce mot, qu'il était préféré à tous; et cela était trèsflatteur, je vous assure!

Tancrède jugea qu'il avait langui un temps convenable, et qu'il pouvait hasarder une seconde visite à sa dame. Il retourna donc chez elle. Le portier, en le voyant, dit:

Tiens, v'là encore le beau jeune homme! il paraît qu'il vient souvent.

Voyez un peu le malheur! Tancrède n'était venu que deux fois chez madame Montbert, et cela comptait pour dix, tant on l'avait remarqué!

Madame Montbert était seule. Elle s'émut à l'aspect de M. Dorimont, et Tancrède la trouva encore plus jolie. Ils causèrent un moment. Ils allaient s'entendre... quand M. Montbert rentra.

M. Montbert fronça le sourcil en reconnaissant Tancrède. Cet accueil glacé était peu encourageant, Tancrède fit un profond salut et se retira.

Dès qu'il fut sorti:

Que veut ce bellâtre? dit M. Montbert à sa femme; il vous suit partout comme une ombre: aux spectacles, aux Tuileries; quand nous sortons, je ne rencontre que lui!

Madame Montbert ne répondit rien.

Mon mari qui l'avait remarqué! pensatelle.

Tancrède était mécontent. Cependant, comme M. Montbert n'était jamais chez sa femme, il ne se découragea point, et peu de jours après, il retourna la voir.

Ah! mon Dieu! s'écriatelle en le voyant, quelle imprudence! Vous ne pouvez plus revenir ici, mon mari a tout découvert!

Déjà? pensa Tancrède. Mais il n'y a rien.

Il m'est impossible de vous recevoir ouvertement, continua madame Montbert.

Ces mots, qui étaient pleins de naïveté et d'avenir, rassurèrent M. Dorimont.

Mon mari, continuatelle, vous a remarqué à l'Opéra; l'autre soir, au Gymnase. Il a des soupçons; je ne le reconnais plus, en vérité? C'est désolant! ajoutatelle avec tendresse; jamais cela ne m'était arrivé. Jusqu'à présent j'avais été si tranquille! J'ai du malheur! car c'est la seule fois que j'aime, et justement....

Ces mots, qui étaient pleins de niaiserie et de passé, refroidirent M. Dorimont.

Et moi aussi, j'ai du malheur, madame, repritil avec une extrême politesse, puisque le sort veut que j'échoue où tout le monde réussit.

Tancrède prononça cet adieu d'un ton si parfaitement respectueux, que madame Montbert n'en sentit pas toute l'insolence; elle prit cela pour un regret déchirant, et leva ses beaux yeux au ciel, en signe de sympathie. Ce ne fut que plus tard, par la suiteM. Dorimont ne demandant point à revenirévitant de la regarder au spectacle et paraissant avoir renoncé à toute conclusionqu'elle reconnut qu'il s'était moqué d'elle.

Elle s'en consola facilement. Il était bien beau, c'est dommage! mais c'eût été trop difficile, pensatelleet elle l'oublia. Or, vous savez ce que ces âmeslà appellent oublier!

IX

GRANDE DÉCOUVERTE

Cependant le pauvre Tancrède était furieux, non pas des obstacles qu'il venait de trouver, car on peut dire qu'il avait profité de ces obstacles, mais des difficultés que cette aventure lui présageait.

Tancrède n'avait pas été longtemps à deviner à quelle catégorie de femmes et à quelle région d'esprits appartenait madame Montbert. C'était une de ces sylphides, parfaitement jolies et insignifiantes, qu'on aime tant que cela est commode et que l'on quitte à la première difficulté.

On vient à elles avec tant de confiance, que la moindre contrariété décourage; on ne l'avait point prévue, on n'y était point préparé, elle déroute. Les pauvres femmes! on ne leur en veut pas; la contrariété ne vient jamais d'elles; mais elles n'ont pas ce qu'il faut pour donner le génie de la surmonter.

Ce n'était donc pas à cause de madame Montbert que Tancrède était si affligé de la fatalité qui le poursuivait; il ne l'aimait pas et ne pouvait la regretter; mais une autre pensée, plus douce, plus profonde, plus chère, le préoccupait depuis quelque temps.

Cette charmante jeune femme qu'il avait retrouvée au bal chez madame Poirceau, cette séduisante Malvina, il l'avait revue souvent dans le monde; il avait été reçu plus d'une fois chez elle, chez sa mère, et le souvenir de Malvina le charmait. Tancrède était en travail de lui plaire; et, par une singulière coïncidence, son aventure avec madame Montbert le dérangeait dans ses projets de séduction auprès de madame Thélissier; car enfin, s'il trouvait tant d'obstacles auprès de la première, qui paraissait avoir tant d'expérience pour les vaincre, combien n'en trouveraitil pas près de la seconde, jeune femme si candide, si bien élevée, si entourée, et qui devait avoir tant de ménagements à garder.

Ainsi, il arrive souvent qu'un événement sans importance nous rend malheureux, parce qu'il est un avertissement pour un autre qui nous intéresse davantage et qui semble lui être étranger. Nos amis ne comprennent rien à notre tristesse; ils nous disent:

En vérité, c'est un enfantillage que de s'affliger ainsi pour rien...

Rien! c'est quelquefois tout notre avenir.

Tancrède était révolté contre son destin. C'est trop fort, se disaitil, c'est à en devenir fou, c'est à n'y pas tenir. Les maris me voient, les portiers m'admirent, les femmes ont peur de moi. Je suis un paria, un lépreux, un maudit, on m'a ensorcelé; mais qu'y faire? à qui me plaindre? Puisje aller dire que rien ne me réussit, que partout on me repousse, parce que je suis trop beau? En vérité, je voudrais être affreux; oui, en vérité, ou... invisible. Oh! que ce serait charmant d'être invisible! de pénétrer partout sans être vu, d'aimer et de ne jamais compromettre celle qu'on aime, d'être près d'elle sans qu'on le sache, sans qu'elle sache ellemême... Oh! quel bonheur!... c'est le don que je choisirais...

Et voilà cette grande colère qui s'évapore en rêverie.

Puis sa gaieté revient.

Je veux aller à l'Opéra, dit Tancrède, exprès pour ne pas la regarder, cette stupide Virginie; nous verrons si son mari le remarquera.

Tancrède arrive à l'Opéra.

M. de Balzac n'est point ici ce soir, se ditil; tant pis, cet homme et sa canne m'intéressent.

Tancrède s'assied à l'orchestre; il lève les yeux. M. de Balzac est en face de lui avec sa canne.

Ah! voilà M. de Balzac! je ne l'ai pas vu entrer. C'est singulier.

Mademoiselle danse un pas avec M. M. de Balzac se lève.

Tancrède, voyant bien que ces deux danseurs ne sont pas trèsremarquables, se remet à regarder M. de Balzac.

M. de Balzac a disparu, et cependant personne n'est sorti de sa loge.

La porte n'a pas même été ouverte.

Mesdemoiselles Essler viennent danser ce joli pas fraternel si élégant, si gracieux.

Tancrède les admire d'abord, puis, préoccupé de la fuite de M. de Balzac, il regarde de nouveau du côté de sa loge.

Ô surprise! M. de Balzac est assis à sa place... il est là avec sa canne, comme s'il y avait toujours été. Tancrède croit avoir le délire.

Mesdemoiselles Essler dansent, puis elles s'envolent, leur pas est fini.

Ô merveille! M. de Balzac n'est plus là... s'estil donc envolé avec elles?

Tancrède est de plus en plus intrigué.

D'abord il s'agite, il s'émeut, tout son être frissonne comme à l'approche d'un grand événement; ensuite il s'arme de résolution, il se pose en face de la loge où était naguère M. de Balzac, et là il reste immobile, en arrêt devant le mystère pour le forcer à se révéler. Il regarde, il épie, il observe, il fait passer toute la force de son âme en ses regards. Ah! quand un homme s'acharne de la sorte à un secret, il faut bien qu'il finisse par le posséder.

Où est en ce moment M. de Balzac? il n'est point sorti de sa loge, il y est, je ne le vois pas. Qu'estce à dire? personne n'est sorti de cette loge, la porte est, tout le temps, restée fermée, et pourtant un homme en a disparu!... S'il est parti, par où estil sorti? S'il est là, pourquoi ne le voiton plus? Il est donc invisible... Invisible!...

Ce mot replongea Tancrède dans ses rêveries.

Que je voudrais être invisible!... Ah! si j'étais invisible!...

Gigès avait un anneau qui le rendait invisible... Robert le Diable a aussi un rameau qui le rend invisible. Ah! si j'avais ce rameau!... Dans la fable, dans toutes les poésies, les anciens, les Arabes, ont imaginé des objets qui rendaient invisible...

Et Tancrède, en rêvant, regardait toujours. Au même instant, et subitement, M. de Balzac reparutet la porte de la loge ne s'était point ouverte! Il était certain que M. de Balzac n'avait pu quitter la loge.

Et M. de Balzac tenait en main sa grosse canne...

Tancrède le voit, et voit cette canne...

Cette canne pensetil. Si cette canne était comme l'anneau de Gigès, comme le rameau de Robert le Diable! Si cette canne avait le don de rendre invisible!... C'est cela... oui, c'est cela... s'écrie alors Tancrède, hors de lui.

Et il sort de la salle en répétant comme un fou:

Je le sais, je le sais; je le disais bien, qu'il y avait un mystère; je le connais, je n'en doute plus...

Il arrive dans le foyer où M. de Balzac se promenait avec M.

Tancrède l'accoste hardiment.

Qu'importe ce qu'il va dire de moi? il me prendra pour un original, et il m'observera comme tel: les gens d'esprit sont accoutumés aux choses bizarres, il me comprendra.

Pardon, monsieur, dit Tancrède en s'efforçant de vaincre son embarras, son émotion, vous pouvez me rendre un important service.

Moi, monsieur? mais je n'ai pas l'honneur de vous connaître, répond M. de Balzac; en quoi puisje vous obliger?

En voulant bien me prêter votre canne pendant quelques minutes.

À ces mots, M. de Balzac se trouble.

Ma canne, monsieur? et pourquoi?

C'est un pari que j'ai fait avec quelques amis... Je vous la demande pour cinq minutes seulement... croyez que...

Cela m'est impossible, monsieur, reprend M. de Balzac sèchement. Cela m'est impossible; j'en suis fâché... Monsieur.

À ces mots, M. de Balzac s'éloigne; et s'adressant à la personne à laquelle il donnait le bras:

Que me veut ce fou? ditil, comprendstu rien à cela?

Ce monsieur est bu, répond l'ami de M. de Balzac, en contrefaisant Arnal dans je ne sais plus quelle pièce.

M. de Balzac sourit, mais il est inquiet.

Quelle idée peut avoir ce jeune homme? pensetil.

Cependant l'intrépide Tancrède ne désespère pas encore de réussir; il revient à la charge, et, s'approchant du célèbre écrivain, il dit tout bas d'un ton d'oracle:

Ce refus est un aveu, monsieur; j'ai votre secret; mais croyez que je saurai le respecter.

M. Balzac paraît de plus en plus troublé.

Rassurezvous, monsieur, continua Tancrède, je n'abuserai point d'une découverte due au hasard... Je comprends parfaitement que vous ne puissiez consentir à vous séparer d'une canne si précieuse, surtout en faveur d'un inconnu; je sais combien j'ai été indiscret de vous l'avoir demandée, et je vous prie de recevoir mes excuses.

Sans doute, monsieur, répond alors M. de Balzac, évidemment fort agité, cette demande m'a paru singulière; mais, si je savais le motif qui vous a fait me l'adresser, je pourrais...

Je ne puis m'expliquer ici, devant tout le monde, si vous voulez m'accorder un moment...

Demain, oui, demain, interrompit M. de Balzac, venez chez moi à midi, nous causerons de cela.

Tancrède s'inclina gracieusement et s'éloigna.

Connaistu ce jeune homme? dit aussitôt M. de Balzac à son ami.

Non, je ne sais pas son nom; mais je le vois souvent à l'Opéra, aux Italiens; c'est quelque agréable de province.

Il est beau, mais je le crois fou; qu'estce qu'il me veut?

Rien, reprend l'ami; c'est un prétexte pour voir de plus près un grand homme. Il est bien aise de pouvoir dire en retournant dans sa petite ville: «J'ai vu Balzac, j'ai vu Lamartine, j'ai vu Berryer.» Je te le dis, c'est quelque niais de province qui t'admire.

Merci, reprit en riant M. de Balzac.

Et il s'éloigna, non sans inquiétude, car la pénétration du jeune inconnu le tourmentait.

X

MERVEILLE

Eh bien, oui, cela était ainsi; cette affreuse canne était semblable à l'anneau de Gigès, au rameau d'or de Robert le Diable: elle rendait invisible.

Cela ne se peut pas, diraton.

Et n'aton pas dit cela de toute chose?

Toute invention n'atelle pas été niée à sa naissance? tout problème fraîchement résolu n'estil pas mensonge jusqu'au jour où il passe à l'état de vulgarité?

L'industrie, de nos jours, enfante des merveilles, fait des miracles! Relisez, je vous prie, les Mille et une Nuits, et vous verrez que les chimères les plus flatteuses, les prodiges jadis inventés pour séduire l'imagination, sont réalisés, popularisés de nos jours, sans que même on conçoive l'idée qu'ils aient été rêvés comme impossibles. Ainsi, par exemple, dans l'histoire du prince Ahmed et de la fée Paribanou, il est dit que:

Le prince Houssain, frère du prince Ahmed, possédait un tapis sur lequel il suffisait de s'asseoir pour être transporté, presque dans le même moment, où l'on souhaitait aller, sans que l'on fût arrêté par aucun obstacle, et qu'il avait payé ce tapis quarante bourses.

On fit dans le temps beaucoup de bruit de cette merveille. Eh bien, aujourd'hui, nous avons mieux que cela, oui, mieux: les chemins de fer!Ils sont cent fois préférables à ce tapis, par eux d'abord on va plus vite, on va plusieurs, et assurément à bien meilleur marché.

Il est dit encore:

Que le prince Ali, frère puîné du prince Houssain, avait acheté trente bourses un petit tuyau d'ivoire avec lequel il voyait tout ce qui se passait chez les gens les plus éloignés.

Eh bien! ce tuyau dont on faisait grand étalage n'était autre chose qu'une lunette d'approche, merveille à laquelle nous faisons, nous autres, fort peu d'attention; et pourtant quoi de plus admirable que d'être là, tranquillement assis à sa fenêtre, et de voir tout làbas, làbas, des vaisseaux qui arrivent, des hommes qui se battent, et d'assister ainsi à toutes sortes de dangers qui ne peuvent nous atteindre? mais qui donc a jamais pensé à admirer une lunette d'approche?

Enfin, on raconte:

Que le prince Ali, frère du prince Houssain, avait, de son côté, fait emplette, dans le bezeistein de Samarcande, d'une pomme artificielle qu'il paya trentecinq bourses. Cette pomme avait la vertu de guérir toute espèce de maladies, et cela par le moyen du monde le plus facile, puisque c'était simplement en la faisant flairer à la personne.

Eh bien, je vous le demande, l'homœopathie n'en faitelle pas bien d'autres?

Au lieu d'une pomme, c'est un petit flacon; vous le respirez, et vous voilà guéri.

Vous allez mourir... un peu de poudre sur la langue, et vous voilà sauvé... Avouons qu'il n'y a rien de plus vulgaire que les prodiges.

Dans les Mille et une Nuits, il est bien encore question d'un petit pavillon économique, qui, déployé d'une certaine manière, abritait une armée de deux cent mille hommes. Je ne sache pas qu'on ait imaginé encore rien de semblable; peutêtre n'en aton pas besoin. Bonaparte, lui, logeait chaque soir en idée ses soldats dans les villes qu'il comptait prendre dans la journée: nous, nous les logeons chez nous pour l'instant; mais si nous faisions la guerre, je gage que nous remplacerions avec avantage le parasol de la fée Paribanou, et que, ce qui fut la merveille d'un conte arabe, ne sera pour nous qu'un procédé économique fort ingénieux.

Tout cela vous explique comment un rival de Verdier, dont nous ne vous donnerons pas l'adresse, par des raisons qui nous sont particulières, a trouvé le moyen de faire une canne merveilleuse, qui a la propriété de rendre invisible celui qui la porte. Invisible, invisible seulement; non pas insensible, non pas impalpable: j'en conviens, l'invention n'est pas encore perfectionnée. Il faut même, pour que la canne ait toute sa puissance, qu'on la tienne de la main gauche. Dans la main droite, elle n'a aucune vertu; on vous voit, on la voit, elle est fort laide, et voilà tout. Mais sitôt que votre main gauche s'en empare, vous disparaissez aux yeux des humains; on vous cherche... vainement... vous êtes là et vous n'êtes plus là... c'est admirable...

Dans un an, tout le monde aura de ces canneslà: cela deviendra commun et inutile; car, si tout le monde est invisible, à quoi serviratil de l'être soimême? à quoi bon se cacher pour observer des êtres qu'on ne verra pas. Cela serait une nuit universelle, sans intérêt. Heureusement, le procédé est jusqu'à présent inconnu. M. de Balzac est le seul qui en ait usé, peutêtre même abusé; car, nous le disons à regret, peutêtre atil manqué de délicatesse en dévoilant ainsi dans ses ouvrages les secrets qu'il avait surpris à l'aide de son invisibilité. N'importe, voilà maintenant son talent expliqué; nous savons comment il a fait pour lire dans l'âme de ses héros: de la Femme de trente ans, d'Eugénie Grandet, de Louis Lambert, de Madame Jules, de Madame de Beauséant, du Père Goriot, et dans tant d'autres âmes dont il a raconté les souffrances avec une vérité si palpitante.

On se disait: «Comment se faitil que M. de Balzac, qui n'est point avare, connaisse si bien tous les sentiments, toutes les tortures, les jouissances de l'avare? Comment M. de Balzac, qui n'a jamais été couturière, saitil si bien toutes les pensées, les petites ambitions, les chimères intimes d'une jeune ouvrière de la rue Mouffetard? Comment peutil si fidèlement représenter ses héros, nonseulement dans leurs rapports avec les autres, mais dans les détails les plus intimes de la solitude? Qu'il sache les sentiments, soit: l'art peut les rêver et rencontrer juste; mais qu'il connaisse si parfaitement les habitudes, les routines, et jusqu'aux plus secrètes minuties d'un caractère, les manies d'un vice, les nuances imperceptibles d'une passion, les familiarités du génie... cela est surprenant. La vie privée, voilà ce qu'il dépeint avec tant de puissance; et comment estil parvenu à tout dire, à tout savoir, à tout montrer à l'œil étonné du lecteur?» C'est au moyen de cette canne monstrueuse.

M. de Balzac, comme les princes populaires qui se déguisent pour visiter la cabane du pauvre et les palais du riche qu'ils veulent éprouver, M. de Balzac se cache pour observer; il regarde, il regarde des gens qui se croient seuls, qui pensent comme jamais on ne les a vus penser; il observe des génies qu'il surprend au saut du lit, des sentiments en robe de chambre, des vanités en bonnet de nuit, des passions en pantoufles, des fureurs en casquettes, des désespoirs en camisoles, et puis il vous met tout cela dans un livre!... et le livre court la France; on le traduit en Allemagne, on le contrefait en Belgique, et M. de Balzac passe pour un homme de génie! Ô charlatanisme! c'est la canne qu'il faut admirer, et non l'homme qui la possède; il n'a tout au plus qu'un mérite:

La manière de s'en servir:

Or, il arriva cela. Tancrède alla voir M. de Balzac, et lui conta comment il avait découvert la vertu singulière de sa canne.

J'étais si préoccupé, lui ditil, du besoin d'être invisible, qu'il n'est pas étonnant que j'aie deviné une merveille que je rêvais.

Vous? s'écria M. de Balzac. Il me semble que vous avez moins intérêt qu'un autre à n'être pas vu.

Tancrède alors raconta naïvement tous les échecs que sa trop grande beauté lui avait valus depuis son séjour à Paris.

M. de Balzac l'écouta avec curiosité. Cette situation nouvelle lui plut à observer; il chercha à se lier plus intimement avec un jeune homme qu'il trouvait distingué, spirituel, et qui d'ailleurs possédait son secret: grâce à sa canne, M. de Balzac sait bien vite à quoi s'en tenir sur le caractère de ses amis. Tancrède, de son côté, ne négligea rien pour capter la confiance de l'illustre écrivain. Il se rapprocha de lui, loua un appartement dans son voisinage, et enfin trouva le moyen de lui rendre un de ces services qui fondent une amitié pour la vie.

Nous ne dirons point quel fut ce servicedont le sexe mérite des égardsles personnes qu'il pourrait compromettre nous sauront gré de cette discrétion.

Il suffit de savoir que Tancrède fit preuve en cette occasion de tant de délicatesse, de présence d'esprit, de réserve, que M. de Balzac consentit à lui prêter, pendant quelques jours, sa canne précieuse, sans crainte qu'il voulût jamais abuser de la puissance qu'elle lui donnait.

Tancrède était ravi, transporté, au comble de sa joie, il possédait enfin ce qu'il avait tant désiré; mais il lui arriva ce qui arrive quelquefois aux gens qui voient soudain leurs vœux les plus extraordinaires accomplis; ils se trouvent déroutés, ce bonheur inattendu les dérange; ils n'y comptaient pas, ils s'amusaient à rêver une chose, parce qu'ils la croyaient impossible; et puis, lorsqu'ils l'obtiennent, ils ne savent plus qu'en faire. Ô humanité!

Tancrède était toujours charmé de pouvoir être invisible à volonté, mais il se demandait à quoi cette puissance lui servirait?

Comment, par exemple, se disaitil, à moins d'aller dévaliser les maisons, ce don me mèneratil à faire fortune?

Une circonstance vint heureusement répondre à cette question.

XI

UN BEAU HASARD

Sur ces entrefaites, Tancrède reçut une lettre de sa mèrequi d'abord lui demandait pardon de l'avoir fait si beauet qui ensuite le recommandait, en dernière espérance, à M, ministre de , auprès duquel elle avait un protecteur toutpuissant.

Tancrède alla se faire protéger chez le protecteur, qui le protégea, et qui ne fit en cela rien d'extraordinaire, car il avait un bureau de bienveillance établi chez lui, certains jours à de certaines heures: il protégeait régulièrement une douzaine d'intrigants tous les jeudis dans la matinée.

Tancrède, ainsi recommandé, s'en alla chez le ministre, dont il avait reçu une lettre d'audience. M. le ministre, qui avait été taquiné, tourmenté, épluché la veille par un député de l'oppositioncela s'appelle, je crois, interpelléM. le ministre était de fort mauvaise humeur; d'ailleurs, il fallait qu'il parût indigné dans sa réponse à la Chambre, et il se maintenait en courroux pour se préparer à un discours violent; il traitait son éloquence comme un cheval de course qu'on entraîne avant le combat. M. le ministre bousculait tout le mondeterme de bureauxil bouscula Tancrède, il ne l'écouta point, lui répondit mal; enfin, il abusa de sa position pour le blesser sans qu'il eût le droit de se plaindre.

Tancrède se révolta.

Ah! monsieur le ministre, pensatil, vous me traitez ainsi parce que je suis un jeune homme inconnu dont vous n'avez rien à craindre; ah! vous m'écrasez de votre puissance, parce que vous me croyez sans crédit. Eh bien, moi aussi, j'ai une puissance; et puisque vous abusez de la vôtre, j'userai de la mienne, et nous verrons.

Tancrède traversa les salons, descendit l'escalier du ministre sans avoir encore de projets arrêtés.

Il rejoignit à la porte de l'hôtel le cabriolet qui l'avait amené, prit la canne qu'il avait laissée dans son manteau, congédia le cocher de cabriolet, et, bravant le suisse implacable, rentra invisible dans la vaste cour de l'hôtel.

Il se promena quelque temps invisible fort en colère.

Comme il marchait, la voiture de M. le ministre vint s'arrêter devant le perron. Un valet de pied bizarre, vêtu d'une livrée nonseulement de fantaisie, mais je dirais même fantastique, vint ouvrir la portière.

M. le ministre descendait lentement l'escalier, suivi d'un autre personnage qui lui parlait avec chaleur, et le domestique tenait toujours la portière de la voiture, dont le marchepied était baissé.

Tancrède, comme un écolier, s'approche; puis une idée folle s'empare de lui.

Voyant ce carrosse béant depuis un quart d'heure, il veut s'y asseoir et s'y reposer. Soudain il s'élance invisible sur le marchepied, et va se placer au fond de la voiture.

Le mouvement qu'il imprime à la voiture fait avancer les chevaux, le cocher les retient facilement; mais le bruit a réveillé M. le ministre de sa conversation. Il se rappelle qu'il est en retard, il se hâte et grimpe dans sa voiture. Tancrède veut sortir et se lève aussitôt; mais le ministre, qui vient de s'asseoir, se penche en dehors de la portière, il ferme l'entrée de toute sa capacité. Tancrède espère encore s'échapper, mais M. le ministre étend ses jambes officiellement, donne ses ordres; la portière de la voiture se referme, et voilà les chevaux partis.

M. le ministre s'établit dans son carrosse, il s'étale, il se carre et prend autant de place qu'il en peut prendre. Tancrède, au contraire, se presse, se blottit, se cache comme s'il n'était pas invisible. Il se sent indiscret, et il n'en veut plus tant au ministre. Les torts que nous nous trouvons avoir envers une personne qui nous a offensé calment tout à coup nos ressentiments, surtout lorsqu'ils sont involontaires, que nous ne les avons pas choisis. Un caractère noble n'imagine qu'une noble vengeance; il ne rêve que des cruautés dignes de lui. Les torts de hasard, les mauvais procédés de circonstances qu'il a envers son ennemi lui semblent audessous de sa haine, il en est honteux. Dans la loyauté de sa raison, il reconnaît que son ennemi n'a pas agi si mal que lui, et comme il est désenchanté de sa propre haine, il pardonne par humilité. Tancrède se reprochait sa conduite; le ministre avait simplement manqué d'égards en l'accueillant légèrement; mais lui manquait de délicatesse en le suivant à son insu comme un espion.

Tancrède se livrait à ces réflexions, lorsque tout à coup le ministre s'écria:

Messieurs....

Tancrède ne put s'empêcher de sourire, il se pinçait les lèvres, il faisait des grimaces pour garder son sérieux, sans penser qu'on ne pouvait le voir; mais on a de la peine à s'accoutumer à être invisible.

Messieurs, continua le ministre, le ministère n'est pas embarrassé de répondre aux attaques de ses ennemis...

Ici l'orateur s'arrêta; puis il reprit:

Nous sommes en mesure, Messieurs, de prouver à nos adversaires...

L'orateur s'arrêta de nouveau... Il reprit:

Ce n'est pas la première fois, Messieurs, que l'opposition nous...

Il s'arrêta encore...

Bon, ditil, je trouverai tout cela làbas.

M. le ministre avait raison, il ne retrouvait toutes ses idées qu'à la tribune, ce qui était fâcheux. Cela faisait dire qu'elles y restaient.

Il paraît que nous allons à la Chambre, pensa Tancrède; je n'y suis pas encore allé, tant mieux!

M. le ministre se remit à chuchoter entre ses dents.

Le voilà maintenant qui se parle à luimême, se dit Tancrède.

Mais le ministre élevant la voix...

Sire... cela ne se peut pas. J'ai déjà eu l'honneur de le dire au roi, cela fera crier... on dira encore que...

En ce moment la voiture s'arrêta, non pas à la Chambre des Députés, comme le pensait Tancrède, mais aux Tuileries.

Le ministre descendit de voiture, Tancrède le suivit aussitôt. Par bonheur, le valet de pied était un lourdaud qui lui laissa le temps de descendre avant qu'il eût pensé à relever le marchepied.

Entraîné par le hasard et la curiosité, Tancrède s'attacha aux pas du ministre; il n'avait jamais visité les Tuileries: tout cela l'amusait. Il franchit le grand escalier dont la magnificence l'éblouit, traverse la salle des Gardes, et pénètre, toujours à la suite de M.

le ministre, dans un grave salon tendu en bleu, au milieu duquel est une grande table recouverte d'un tapis de velours bleu,chambre historique, autrefois le salon de l'Empereur, aujourd'hui le laboratoire diplomatique, qu'on appelle à Paris la boutique ministérielle, qu'on nomme en Europe le cabinet des Tuileries.

Plusieurs hommes étaient déjà réunis dans ce salon. Le ministre, que Tancrède escortait comme un recors invisible, était évidemment en retard; chez lui c'était un système. Si l'exactitude est la politesse des rois, l'inexactitude est, au contraire, l'habileté des ministres, de ceux du moins qui sont influents. D'abord elle ajoute à leur importance; ensuite un homme ingénieux, qui a les idées, ne risque rien de laisser les autres épuiser les mots, discuter longtemps, retourner, embrouiller les questions que lui seul sait pouvoir résoudre. C'est un avantage que d'arriver sain et frais d'esprit au milieu de gens fatigués, dégoûtés de leurs opinions par toutes les objections qu'elles ont essuyées; c'est un beau rôle à jouer; il semble toujours qu'on rallie les camps divers; on est toujours l'épée qui fait pencher la balance. C'est trèsadroit, mais pour cela il faut être homme d'importance; car il est force gens que l'on n'attendrait pas, des malheureux que l'on n'attend jamais, que l'on n'a jamais attendus pour rien; oh! ceuxlà, nous leur conseillons d'être exacts, d'arriver même un peu avant l'heure, s'ils veulent obtenir en leur vie une part de quoi que ce soit et être entrés pour quelque chose dans une décision quelconque.

Le ministre de Tancrède fut donc accueilli comme un homme qu'on attendait, et dont on attendait une idée.

Un personnage qui paraissait avoir une sorte de prépondérance sur les autres, vint à lui en lui tendant cordialement la main.

Mais, pensa Tancrède, j'ai vu cette figurelà quelque part, cet homme ne m'est pas inconnu...

Le roi saitil?... dit un des ministres.

Que je suis fou! pensa aussitôt Tancrède, c'est le roi; comment n'aije pas deviné cela tout de suite? je devais pourtant bien m'attendre à trouver le roi ici.

Le roi, peu d'instants après, s'assit devant la table, et les ministres prirent chacun leur place au conseil.

Tancrède était singulièrement embarrassé, combattu entre la curiosité d'écouter tout ce qu'on allait dire et la honte de commettre un espionnage indigne de lui.

Enfin, il capitula avec sa conscience.

L'espionnage, se ditil, consiste à répéter, et non pas à savoir.

Et il se disposa à écouter.

Par malheur, en se promenant dans l'hôtel du ministère, il avait eu froid. Ce froid avait réveillé un gros rhume qu'il combattait depuis huit jours et qui semblait l'avoir oublié un moment. C'était un de ces beaux rhumes qui font scandale au spectacle et à l'Académie, une de ces toux opiniâtres qu'on appelle quintes pendant toute la première jeunesse, mais qui, vers la fin de la vie, sont respectées sous le nom plus imposant de catarrhes.

Tancrède lutta d'abord avec la quinte ennemie, il étouffait et suffoquait; bientôt le combat devint impossible, il toussa, il toussa hardiment, et se livra à toute la frénésie de son rhume.

Le roi était occupé à lire, il parcourait, un travail qu'un des ministres venait de lui remettre; il ne leva pas les yeux, mais il entendit cette toux effroyable et il ne douta pas qu'elle n'appartînt à un de ses ministres. Jugeant un homme de guerre, épuisé par de nombreuses campagnes, plus capable d'en être le propriétaire que les autres ministres plus jeunes que lui, il s'adressa au ministre de la guerre, et lui dit avec bonté:

Vous êtes bien enrhumé, monsieur le maréchal?

Le maréchal n'était point enrhumé; mais, trop bien élevé pour contrarier son souverain et pour détourner une marque d'intérêt qui pouvait faire envie à d'autres, il répondit en s'inclinant respectueusement:

Oui, sire, oh! trèsenrhumé; l'autre jour à la revue...

Et il se mit à tousser avec enthousiasme.

Tancrède était sauvé.

Une flatterie avait rendu probable ce rhume fantastique, dont le roi aurait pu s'étonner.

Il toussa de concert avec le maréchal, qui bientôt finit par le surpasser. La toux de celuici, d'abord flatteuse, était devenue sincère.

Ce genre de ruse est facile à cet âge; il s'en acquittait même si bien que Tancrède fut tenté de lui dire:

Merci, brave homme, assez, on n'a plus besoin de vous.

En cet instant un huissier entra; il remit au ministre des affaires étrangères un paquet qui contenait des dépêches.

Un courrier de Londres, dit le roi.

Il rompit le cachet.

«Le ministère est changé. Lord a donné sa démission.»

Cette nouvelle fit sensation dans le conseil. On s'agita, on s'alarma. Le roi prit la parole; la discussion s'engagea vivement et devint des plus intéressantes... si intéressante enfin, qu'il nous est défendu de la rapporter.

Voilà qui va faire baisser les fonds, dit un des ministres bas à un de ses collègues pendant que les autres discouraient.

Ce fut ce que Tancrède comprit le mieux de toute la discussion.

Si je profitais de cette circonstance? pensaitil.

Alors il n'écouta plus rien de ce que l'on disait; il se perdit dans ses combinaisons, médita vingt projets, rejeta les uns, pesa les autres, et finit par se décider à courir chez M. Nantua pour lui faire part de la nouvelle dont un hasard l'avait instruit.

Un huissier rentra sous je ne sais quel prétexte.

Dès que la porte fut ouverte, Tancrède s'échappa.

Il arriva bientôt chez M. Nantua. C'était précisément son jour d'audience, car le moindre millionnaire a ses jours de réceptions matinales.

M. Nantua, se rappelant la manière dont il avait trompé Tancrède dans ses espérances, le reçut d'abord avec embarras, mais Tancrède le mit bien vite à son aise.

Monsieur, ditil, je viens vous faire part d'une chose trèsimportante, et vous pouvez, de votre côté, me rendre un grand service. Une circonstance, que des raisons de délicatesse ne peuvent me permettre de vous expliquer, me rend, avant tout le monde, possesseur d'une nouvelle qui doit avoir la plus grande influence sur les fonds; je suis venu vous en instruire en toute hâte, en ne demandant, pour prix de ma bonne volonté, qu'un modeste intérêt dans vos opérations.

Mais, mon cher enfant, dit le banquier en souriant, je ne vous comprends pas, car enfin...

Et voilà bien le malheur! s'écria Tancrède; ah! monsieur, si je pouvais m'expliquer clairement, si je pouvais vous dire la vérité, comme vous verriez qu'il n'y a pas de doute, je vous tiendrais un autre langage, je vous dicterais de plus sévères conditions; mais j'ai besoin, avant tout, de vous inspirer de la confiance; et comme rien n'est plus extraordinaire que la situation où je me trouve, je ne suis préoccupé que d'une idée; c'est de ne point passer à vos yeux pour un fou, et cependant il y a de quoi perdre la tête. Tenir entre ses mains sa fortune, et ne pouvoir la faire! et cela parce qu'on est inconnu. Croyez, Monsieur, que si j'avais le moindre crédit, je ne viendrais pas vous tourmenter, j'aurais bien su faire mon affaire à moi tout seul, je vous en réponds.

Vous oubliez, mon cher, reprit M. Nantua avec malice, que votre intention était de me rendre service.

Tancrède se mit à rire à son tour.

Sans doute, je voudrais aussi vous rendre service, repritil, je voudrais surtout pouvoir vous parler franchement; mais vous connaissez trop le monde pour ne pas comprendre qu'il est vingt circonstances, dans la vie aventureuse d'un jeune homme, qui peuvent le mettre en possession d'un secret, honnêtement, légalement même, sans qu'il puisse cependant expliquer comment il en a eu connaissance; mais tenez, je m'engage, si je vous trompe... Oui, je signe à l'instant même une obligation de cinquante mille francs, avec laquelle vous pourrez me faire jeter en prison pendant une année, si la nouvelle que je vais vous apprendre n'est pas exacte.

Eh bien, dit M. Nantua, j'ai confiance en vous; mais ayez aussi confiance en moi: ditesmoi votre nouvelle, et si je juge...

Au fait, dit Tancrède, je vous la dirai toujours; seul, je n'en puis rien faire, et j'aime autant que vous en profitiez.

Eh bien?

Eh bien, le ministère anglais est changé, lord a donné sa démission.

Cette nouvelle produisit sur le banquier encore plus d'effet qu'elle n'en avait produit sur le conseil des ministres.

Mais, êtesvous bien sûr?... ditil.

J'en suis aussi certain qu'il est possible de l'être, et je donnerais en ce moment tout l'argent que je voudrais gagner pour pouvoir vous inspirer ma conviction et vous raconter les étranges événements qui me l'ont donnée. Je le sais, vous disje, je le sais positivement.

Comment le télégraphe n'atil pas déjà?... Ah! le brouillard est tel depuis trois jours, que cela se comprend... Allons, mais vous me donnez votre parole d'honneur...

Ma parole d'honneur, dit Tancrède avec l'accent de la loyauté.

Eh bien, au revoir, mon associé! revenez demain matin.

Tancrède s'éloigna fort agité.

En le voyant partir:

C'est quelque histoire de femme, pensa M. Nantua; ce beau garçon était sans doute caché dans quelque boudoir lorsque le ministre a lu ses dépêches. Il doit être discret, c'est cela.

La nouvelle était vraie, comme nous le savons. La baisse des fonds fut plus forte qu'on ne l'avait imaginé, et M. Nantua gagna une somme plus considérable qu'il ne l'osait espérer.

Tancrède eut sa part dans ses bénéfices, et cette fortune imprévue suffit à son ambition du moment.

Tancrède s'était dit:

Je ne puis vivre sans argent.

Et il s'était mis en peine de trouver de l'argent.

Maintenant il se dit:

Je ne puis vivre sans amour.

Et il se mit en peine de trouver de l'amour. C'était plus facile, diraton; je ne le crois pas, moi. Les pauvres de cœur sont les plus nombreux à Paris; et comme il n'y a pas d'hospice pour ceuxlà, on risque de les rencontrer partout, et ce sont ceux qui vous attaquent et vous dévalisent.

XII

LA CANNE EST EN DANGER

Rien n'est si dangereux qu'un premier succès. Tout bonheur est un piége que nous tend le destin. D'ailleurs, il résulte toujours de la grande application d'esprit qu'exige la réussite d'une entreprise audacieuse, il résulte toujours une fatigue de la pensée, une détente de toutes les facultés, une courbature de nos sens, une négligence, suite de l'enivrement même du triomphe, qui nous amène à compromettre le succès que la veille nous avons acheté par tant d'efforts. En bataille, en amour, en toute chose, le lendemain est un grand jour; le lendemain!

Et pourtant c'est ce jourlà qu'on dédaigne; et c'est ce jourlà qu'on s'endort. Ô danger! ô folie!... Lendemain, jour terrible, décisif et solennel, l'avenir dépend de toi, tu le fais, il t'appartient. En gloire, qu'estce qu'une bataille gagnée, sans le lendemain qui la consacre?En amour, qu'estce qu'un jour de bonheur, sans le lendemain qui le purifie? Le lendemain, c'est la sagesse dans la gloire, c'est la conscience dans l'amour. C'est du lendemain que l'histoire attend ses jugements; c'est du lendemain que le cœur date ses souvenirs.

Et ce proverbe qui dit: «Il n'est pas de fête sans lendemain,» ne veut pas dire qu'il faille s'amuser deux jours de suite; il signifie que c'est le lendemain seulement que nous saurons si nous avons eu raison de nous réjouir de la veille.

Ô sagesse des nations!

Tancrède devait à sa canne un grand succès qui l'étourdit, cela était tout simple.

Lui, quelques jours auparavant, sans ressource, repoussé de toutes les maisons où d'abord on l'avait accueilli avec bienveillance, tourmenté de l'idée de ne pouvoir restituer à sa mère ces pauvres mille écus si chèrement obtenus, lui malheureux, découragé, sans argent, sans amis, se trouvait tout à coup en possession d'une somme fort considérable, et, ce qui était mieux encore, en relation d'affaires avec un des banquiers les plus considérés de Paris.

Son extrême beauté n'était plus un obstacle alors à ses rapports avec M. Nantua; il ne s'agissait plus de faire partie de sa maison et d'être commis dans ses bureaux: mademoiselle Nantua n'avait aucune chance de le voir. Tancrède pouvait donc rencontrer M. Nantua à la Bourse, à l'Opéra, et faire de grandes affaires avec lui, sans aucun danger pour l'imagination romanesque de sa jeune fille.

D'ailleurs, le père prudent avait moins de scrupules depuis que M. Dorimont servait si bien ses intérêts. Tancrède était donc dans une bonne veine, et il éprouvait cette grande joie d'une âme soulagée, cet allégement d'un esprit délivré, ce bonheur apprécié qui est fatal; car le sort est généreux en cela qu'il nous laisse le bonheur tant que nous ne le sentons pas, et puis si quelque imprudent ose dire: Que je suis heureux! alors le destin se révolte, le monde crie au scandale, et quelque bonne catastrophe vient aussitôt rétablir l'équilibre dans le cœur, c'estàdire les regrets, la crainte et l'ennui; et le front qui s'élevait s'abaisse, et la voix qui chantait s'éteint, et tout rentre dans l'ordre accoutumé.

Tancrède était fatalement heureux; il venait d'écrire à sa mère le changement de sa position, qu'il avait expliqué par un mensonge; il lui renvoyait aussi, avec une généreuse usure, la somme qu'elle lui avait donnée en partant. Cette longue lettre, écrite avec plaisir, avait renouvelé sa joie. Il ne pouvait tenir en place, il se promenait dans sa chambre, il se parlait, se racontait à luimême ses projets; enfin, pour employer son agitation, il prit sa canne et son chapeau, et s'en alla faire des visites. Sa canne et son chapeau! remarquez bien cela, ces mots toujours insignifiants sont d'une grande importance dans cette occasion, et Tancrède n'y attacha point assez d'importance. Il prit sa canne et son chapeau, comme un autre aurait pris sa canne et son chapeau. Malheureux le trésor qui tombe aux mains d'un si jeune homme! les trésors ne sont pas faits pour la jeunesse: à vingt ans on ne sait ni être riche ni être aimé.

Tancrède s'en allait donc comme un étourdi, joyeux et léger, trèsétonné qu'on ne lui fît pas compliment d'un bonheur dont il n'avait fait part à personne.

Les vives émotions ont un instinct qui nous servirait de thermomètre pour juger les gens qui nous aiment, si nous le consultions plus souvent. Il est des amis que nous allons voir tout de suite quand il nous arrive quelque chose d'heureux; notre bonheur n'est complet que lorsqu'ils le connaissent, nous courons chez eux bien vite pour leur en parler, et s'ils sont sortis nous disons notre bonheur à leur portier pour qu'il les en instruise à leur retour.

Ceuxlà sont les vrais amis.Il en est d'autres auxquels nous pensons avec crainte, nous disant: Comment vontils prendre cela? Ce sont les faux amis.Il en est d'autres auxquels nous ne pensons pas du tout. Ce sont quelquefois les meilleurs, mais c'est que nous ne les aimons pas; et comme ce n'est pas de notre faute, il n'en faut point parler.

Le fait est que l'instinct du cœur le guide vers ceux qui doivent le comprendre, les jours où il a besoin d'être compris, comme la science du plaisir guide le Parisien vers le ThéâtreItalien quand il désire entendre de la musique; vers le Vaudeville quand il veut se divertir, ou vers le Rocher de Cancale quand il prétend dîner.

Ainsi, une vague pensée disait à Tancrède que la personne qui se réjouirait le plus de sa joie, après sa mère, était la gentille madame Thélissier; il sentait bien qu'il ne lui était pas indifférent; il lisait déjà dans ses yeux un trouble dont elle était bien loin de deviner la cause.Malvina ne s'était jamais rendu compte de ses impressions; son âme était encore dans l'âge d'or des sentiments; ceux qu'elle éprouvait n'étaient pas encore nommés. Son cœur avait toujours été si occupé, si affairé, qu'il n'avait jamais eu le temps d'analyser, de baptiser ses impressions. Sa mère, toujours souffrante, avait accaparé toutes ses pensées jusqu'à l'âge de seize ans qu'on l'avait mariée; puis les enfants étaient venus si vite, si nombreux, qu'elle n'avait pas eu le temps de s'apercevoir qu'elle n'aimait pas du tout son mari. Elle l'aimait, sans doute, parce qu'il était bon et qu'il l'aidait à soigner sa mère, mais elle n'éprouvait point d'amour; et puis l'amour, elle n'y avait jamais songé. Elle ne pensait paselle vivait; son cœur était trèssensible, mais son imagination était endormie. Elle aimait ses enfants, parce qu'elle était leur mère; mais elle ne s'était jamais dit: «L'amour maternel est la passion de ma vie.» De même, lorsqu'elle donnait à sa mère des soins si éclairés, si touchants, elle ne se disait point: «La piété filiale occupe tous mes jours.» Elle ne faisait état de rien. Quand sa mère avait ses accès de goutte, elle passait la nuit auprès d'elle; quand sa mère se portait bien, elle passait la nuit au bal, à s'amuser comme une jeune fille. Trop naïve, trop naturelle pour n'être pas coquette, elle cherchait à plaire, mais malgré elle; elle aimait les chapeaux, les robes, les fleurs, les rubans, sans prétendre être une femme à la mode. Elle s'occupait de sa maison sans se croire une bonne ménagère; elle remplissait tous ses devoirs sans savoir que c'était cela qu'on appelait les devoirs; elle avait accepté tous les rôles que lui avait offerts la vie, sans savoir à quel emploi ils appartenaient, avec innocence et bonne foi; mais tout faisait craindre aussi qu'elle n'en acceptât de plus périlleux avec la même innocence et la même bonne foi. C'était enfin ce que les femmes froides et romanesques appellent, avec dédain, une bonne petite femme. Malheureusement ces bonnes petites femmes ont plus d'âme que les grandes femmes langoureuses, et Malvina était d'autant plus sensible, qu'elle n'était point romanesque. Elle ne croyait pas à tous les grands événements qu'on raconte dans les livres; elle pensait qu'ils avaient dû se passer dans les temps fabuleux de l'histoire, n'imaginant pas que, dans la rue SaintHonoré ou dans la rue de Gaillon, il pût rien arriver d'extraordinaire à une femme qui habitait chez son mari avec ses enfants. D'ailleurs elle lisait fort peu, quelques pages le soir pour s'endormir, comme elle le disait ellemême; et ce qu'on lit dans ce but est rarement fait pour exalter les pensées et troubler l'imagination.

Elle n'était donc gardée par rien, ni par des rêveries folles, ni par des idées fausses, et un amour véritable, un événement singulier, devaient la trouver sans défense. On crie beaucoup contre les imaginations romanesques; je les crois, au contraire, beaucoup moins faciles à entraîner que les autres. L'habitude de vivre dans un monde imaginaire leur inspire des préventions contre tout ce qui se passe dans le monde réel. Les événements de la vie ne leur semblent jamais dignes d'occuper leur âme, ce n'est jamais cela qu'elles attendent, pour éclater. Et j'ai toujours vu ces jeunes filles au front pâle, au regard mélancolique aux phrases nébuleuses et sentimentalesfinir par épouser volontairement de vieux maris pour de l'argenttandis que les femmes raisonnables et rieuses risquaient noblement leur avenir dans un mariage d'inclination. Oui, les chimères romanesques préservent de l'amour. Je connais une femme qui, à l'âge de seize ans, s'était dit qu'elle aimerait un jeune Anglais qu'elle rencontrerait dans une prairie. Voilà quarante ans de cela, et cette femme n'a jamais aimé parce qu'elle n'a jamais rencontré d'Anglais... dans une prairie!... Sans ce rêve, elle aurait peutêtre aimé un ou plusieurs Français, rencontrés tout simplement sur les boulevards. Ceci prouve encore que les travers de l'esprit sauvent le cœur.

Tancrède trouva madame Thélissier entourée d'enfants, nonseulement des siens, mais de tous les enfants voisins et cousins. Cette troupe de démons tournait, sautait, galopait dans le salon, pendant que Malvina lui jouait des contredanses, des valses et des galops.

En voyant entrer M. Dorimont, Malvina quitta le piano, à la grande consternation des danseurs. Les uns s'arrêtèrent subitement n'entendant plus la musique, les autres continuèrent de tourner, et trouvant pour obstacle ceux qui étaient au repos, les heurtèrent brusquement, et plusieurs d'entre eux tombèrent sur le tapis.

La petite fille de Malvina fut de ce nombre, elle avait à peine trois ans. C'était une de ces petites boules toutes rondes et toutes roses, que le moindre choc fait rouler. Elle ne se fit aucun mal, mais elle pleura beaucoup. Tancrède, la voyant par terre à ses pieds, se hâta de la relever avant que Malvina ait eu le temps de venir à elle. Il prit la petite fille dans ses bras, la mena vers sa mère, et tout le monde s'occupa de la consoler.

Pendant ce temps, un vilain enfant roux, enfant du voisinage, s'était emparé de la canne que Tancrède avait laissée par terre en relevant la petite fille de madame Thélissier.

Il s'était emparé de la canne merveilleuse!

De cette canne qui...

De cette canne dont.

De cette canne par laquelle... avec laquelle... enfin, de la canne de M. de Balzac. L'affreux enfant se promenait dans la salle à manger, autour de la table ronde, à cheval sur cette canne; et comme il la tenait de la main gauche entre ses jambes, il était invisible, l'affreux enfant! et Tancrède, ne le voyant pas armé de sa canne, n'eut pas l'idée de la lui reprendre. Ô fatalité!

Malvina, heureuse de voir Tancrède consoler si gentiment sa fille, la laissa dans ses bras. C'était la seule coquetterie volontaire dont elle fût capable, elle y fut entraînée par le plaisir qu'elle trouvait à les regarder tous deux; c'était un spectacle qui charmait les yeux, que cette belle tête de jeune homme si près de ce joli visage d'enfant.

Et lui, de son côté, employait ces flatteries détournées, si connues des jeunes gensvoire même des conscrits pour séduire les bonnes d'enfants,ces compliments qui s'adressent à la petite fille, et que la mère seule peut comprendre.

Tancrède minaudait beaucoup, il faisait l'aimable, c'était fort bien; mais quand on veut séduire, il faut tâcher de n'avoir pas autre chose à faire, et, quel que soit le bien que l'on envie, il ne faut pas négliger le trésor qu'on possède.

Tancrède, après avoir joué longtemps avec l'enfant, alla reprendre son chapeau; mais quel fut son effroi, il ne retrouva plus sa canne.

C'est Amédée qui l'a prise, dit un autre petit garçon, jaloux de n'avoir pas eu le premier cette idée.

Et chacun se mit à appeler Amédée.

Amédée, vous avez pris la canne du monsieur?

Amédée, le monsieur demande sa canne.

Amédée! Amédée!

Eh bien, quoi? dit l'enfant invisible, me voilà; pourquoi donc criezvous comme ça?

Tiens, il est là... Où donc estu caché?

Je ne me cache pas, je suis là.

On chercha sous la table.

Allons, monsieur Amédée, dit une tante en fureur, c'est trèsmal d'avoir pris une canne qui ne vous appartient pas, c'est trèsindiscret; pourquoi avezvous pris cette canne?

L'enfant, voyant qu'on le grondait d'avoir pris cette canne, la cacha bien vite dans un coin, et, se montrant tout à coup, arriva les mains vides dans le salon.

Tancrède, qui n'avait pas assisté à cette scène, cherchait sa canne sous tous les meubles.

Eh bien, la canne, dit quelqu'un à l'enfant, qu'en avezvous fait?

Moi, je n'ai pas pris de canne.

Oh! le menteur! dit l'autre petit garçon.

Comment! vous n'avez pas pris la canne de monsieur?

Non, madame.

Que faisiezvous dans la salle à manger? on vous a cherché, et l'on ne vous a pas trouvé.

J'étais caché sous la table pour faire peur à Jules, ditil avec audacecar cet affreux enfant mentait trèsbien.

La tante, qui avait été trèsmaladroite dans sa sévérité, le fut encore plus dans son indulgence.

En effet, ditelle, je suis allée moimême chercher Amédée dans la salle à manger, et je puis dire que je n'ai pas vu la canne de monsieur entre ses mains.

N'importe, cherchons, s'écria Tancrède dans la plus vive inquiétude.

On se précipita dans la salle à manger, on chercha derrière les buffets, rien;près du poêle, rien!Enfin quelqu'un s'écria:

La voilà, je l'ai trouvée derrière la porte.

Tancrède s'approcha tout joyeux:

Tenez, lui dit la tante.

Et la tante lui présente une canne.

Ô douleur! ce n'est pas la sienne, ce n'est pas la canne de M. de Balzac.

C'est une grosse canne à parapluie. L'affreux enfant s'approche, il examine la canne, et, niais comme un voleur, il s'écrie:

Tiens, c'est drôle, c'est pas cellelà avec quoi j'ai joué, je l'avais pourtant mise là; on l'a changée.

Ah! malheureux! c'était donc toi qui l'avais prise! s'écria Tancrède hors de lui.

Puis, craignant de se trahir:

On s'est trompé, ditil; donnezmoi ce parapluie, tâchons seulement de savoir à qui il appartient.

XIII

SANS LE SAVOIR

Le cabinet de M. Thélissier avait une porte qui donnait sur la salle à manger; et comme M. Thélissier habitait le centre de Paris, le quartier des affaires, où les maisons sont serrées l'une contre l'autre pour empêcher le jour et l'air d'y pénétrer, la salle à manger de M. Thélissier était parfaitement obscure à midi; elle n'avait qu'une seule fenêtre posée de travers, et donnant sur un beau mur troué çà et là de petites lucarnes, jours de souffrance s'il en fut. Il arriva qu'un gros monsieur, après une longue conférence, sortit de chez M. Thélissier, et s'en vint, dans cette salle à manger ténébreuse, reprendre sa canne à parapluie dans le coin où il l'avait laissée. Comme il n'y voyait point, qu'il agissait à tâtons, il se trompa, et prit la canne de M. de Balzac pour la sienne; et comme il ne pleuvait pas, il fut quelque temps avant de s'apercevoir de sa méprise.

Ce gros monsieur, par une de ces fatalités dont la vie est semée, s'était foulé le poignet droit quelques jours auparavantvous devinezet il avait le bras en écharpe. Le bras droit!devinezvous?Il prit donc la canne merveilleuse de la main gauche, et s'en alla tranquillement sans que personne le vît, invisible sans le savoir.

Il se promena quelques moments sur les boulevards avec assez d'agrément. Tant qu'il marcha, tout alla bien; il évitait de luimême les gens qui venaient à lui, et il cheminait sans obstacle. Mais la curiosité le fit s'arrêter devant les affiches de spectacles, il les parcourut avec attention, le Vaudeville, le Gymnase, la PorteSaintMartin; il voulait tout lire pour mieux choisir ses plaisirs de la soirée; il en était au CirqueOlympique, et lisait cette affiche remarquable:

ascension, contre nature, de la jument nommée blanche.

lorsqu'un jeune homme, trèspressé, rasa le trottoir d'un pas rapide, et vint se briser avec violence contre le roc immobile et curieux qui lui barrait le chemin.

L'homme curieux reçut un coup terrible.Prenez donc garde, Monsieur, criatil, je ne suis pas un ciron imperceptible, vous pouviez bien me voir.Le jeune homme n'avait qu'une idée, éviter toute querelle qui le retarderait; et comme il ne regardait rien, tant il était préoccupé, il ne s'aperçut pas qu'il n'avait rien vu.

Le merveilleux fut perdu pour celuilà; il lui passait devant les yeux tant de choses, il comptait si bien sur ses distractions, que rien, dans cette circonstance, ne lui sembla extraordinaire. On est toujours invisible pour les esprits absorbés.

Le gros monsieur se rangea de côté, de manière à ne plus fermer le passage; il reçut plusieurs coups de coude pendant un quart d'heure, il les attribua au peu d'étendue du trottoir, et continua sa route en faisant mille réflexions raisonnables sur cette manie d'imitation qui nous fait établir des trottoirs à Paris dans des rues trèsétroites, parce qu'il y en a à Londres dans des rues trèslarges.

À la bonne heure! pensatil en rejoignant les boulevards, on peut marcher à l'aise ici. Au même instant, un commissionnaire qui portait sur ses épaules un grand cheval de boisle roi des joujoux! invention sublime! première émotion de l'enfancesortit non sans peine du fameux magasin de Tempier. Il hésita un moment avant de s'embarquer sur le boulevard, puis, voyant un espace vide, il s'avança hardiment. On eût dit que ce cheval de bois qu'il soutenait dans les airs était celui du siége de Troie. Le gros monsieur flânait délicieusement sans savoir que derrière lui la machine des Grecs le menaçait. En passant devant l'horloge des Bains Chinois, le commissionnaire s'aperçut qu'il était en retard; il doubla le pas.Alors un choc terrible vint ébranler toutes les pensées du badaud épouvanté.C'est un grand malheur d'être invisible sans être insensible en même temps; et cela est bien commun dans ce monde. Il arrive souvent à des gens qui ne font nulle attention à nous de dire mille choses qui nous déchirent le cœur.

Le gros monsieur ayant reçu un coup violent dans la tête, se retourne furieux.

Monsieur! ditil avec indignation.

Et il se trouve nez à nez avec une grande tête de cheval en bois qui le regarde fixement.Voyant qu'il ne pouvait y avoir eu dans cette attaque intention de l'offenser, il s'en prit au commissionnaire.

Maladroit, s'écriatil, ne me voyaistu pas? et comme je le disais tout à l'heure, suisje donc un ciron imperceptible, que tu n'aies pu m'éviter?

Le commissionnaire, qui ne voyait personne, ne savait à qui ces paroles s'adressaient. Il continua sa route sans même se retourner, car le cheval ne le lui permettait pas.

Le gros monsieur se frotta la tête, ramassa son chapeau et traversa le boulevard.

L'autre côté est plus tranquille, se ditil.

Et il s'avança vers le Café de Paris.

En effet, peu de personnes se promenaient sur ce boulevard; ce n'était pas encore la saison où il est impraticable. Quelques femmes çà et là allaient regarder les étoffes étalées aux Chinois et au Sauvage, étudiaient les bijoux nouveaux chez Boulet. Deux ou trois députés, arrêtés par une rencontre, échangeaient quelques nouvelles. Du reste, ce boulevard était presque désert.

Le gros monsieur s'y pavanait; mais tout à coup sortit de la rue du Helder une petite blanchisseuse tortue et boiteuse, portant un énorme panier pendu à son bras, et traînant, d'un pas indécis, elle et sa charge péniblement. Le monsieur la vit venir à lui.

C'est pitié, pensatil, que de charger ainsi de ce fardeau cette chétive créature.

Et il se détourna pour lui laisser plus d'espace; mais la petite blanchisseuse, vacillant dans sa marche, fatiguée de son fardeau, le changea de bras, et entraînée par sa pesanteur, s'en alla tomber, par un détour, sur le prudent promeneur, en frôlant avec son panier, de toute la force de sa faiblesse, les jambes du monsieur, qui poussa un cri de surprise et de fureur.

Prenez donc garde, mademoiselle! ne pouvezvous m'éviter? En vérité, vous me feriez croire que je suis un ciron imperceptible...

Ce panier est trop lourd, dit la petite blanchisseuse, sans voir le monsieur.

Et elle continua son chemin.

Je ne suis pas chanceux aujourd'hui, pensa l'homme invisible. L'un me heurte au milieu du corps; l'autre me fend la tête; celleci me prend aux jambes; en vérité, j'ai du malheur. Aussi quand on n'a pas l'usage de ses deux bras, on est tout désorganisé.

Il prit la rue du Helder, qu'il continua jusqu'à la rue des TroisFrères; arrivé là, il entendit une fenêtre s'ouvrir audessus de sa têteune jeune femme s'avança sur la balustrade tenant à la main un vase de fleurs; c'étaient des fleurs d'automne, des roses du Bengale, des reinesmarguerites, des chrysanthémum pourpres et blancs. Ces fleurs n'étaient plus fraîches, on allait les renouveler.

La jeune femme regarda de tous côtés.

Personne, ditelle, personne!

Et le monsieur invisible était sous la fenêtre.

Personne!

Et puis elle jeta les fleurs dans la rue.Le monsieur reçut toutes les fleurs et l'eau des fleurseau verdâtre et fétide, qui ne pardonne pas aux habits, et qui teignit avec une promptitude surprenante le gilet blanc du gros monsieur.

Sa colère!... elle est impossible à décrire.

Sa figure! elle était risible; heureusement, on ne la voyait pas. Des larmes vertes coulaient sur ses joues, des marguerites séparées du bouquet dans leur chute s'étaient arrêtées sur le bord de son chapeau et lui donnaient l'air d'un berger; des chrysanthémum étaient restés sur ses larges épaules, des roses s'étaient fixées par leurs épines sur ses bras, dans ses favoris, derrière le collet de son habit; c'était comme un buisson de fleurs, malheureusement de vieilles fleurs.

Honteux, furieux, il secoua tous ces bouquets, et, ne pouvant se montrer nulle part en cet état, il retourna chez lui,où personne ne l'attendait!

C'était un dimanche: ce jourlà, il avait coutume d'aller dîner chez un de ses amis; on était joyeux au logis, le maître ne devait pas rentrer de toute la soirée.

La cuisinière, qui était fort jolie, la cuisinière d'un vieux garçon est toujours jolie, devait aller au spectacle; elle était belle et parée, et ne voyant pas revenir le domestique son confrère, qui devait lui donner le bras pour la conduire à la Gaîté, elle était montée dans l'appartement pour savoir ce qui retardait son chevalier.

Celuici était occupé à choisir le gilet qu'il comptait emprunter tacitement à son maître pour ce jourlà.

Le choix fait, elle l'aidait à le rétrécir: et l'on s'amusait, on plaisantait, on cherchait à remplir l'espace qui existait entre le dos et l'étoffe, vu la différence qui existait entre la taille du maître et celle du valet.

Le Frontin avait pris deux coussins: l'un figurait le dos de monsieur, et l'autre sa poitrine; et puis Frontin singeait son maître, et, ce qui était plus mal, se plaisait à le contrefaire.

Mets donc l'habit de monsieur, dit la cuisinière; tiens, comme ça... on croirait que c'est lui. Oh! que t'es laid! marche donc! Oh! que c'est bien ça! le nez en l'air! Oh! c'est ça! t'as l'air bête comme lui.

Or, monsieur était là depuis un quart d'heure, immobile, stupéfait et invisible.

Enfin, il retrouva la voix.

Joseph! s'écriatil.

La rieuse cuisinière, ne voyant personne, s'imagina que Joseph, pour compléter la ressemblance, imitait aussi la voix de son maître.

C'est bien comme cela qu'il t'appelle, ditelle. Ah! ah! ah!... c'est bien comme lui!

Rosalie! cria de nouveau le maître, de plus en plus irrité.

Et Rosalie, ne voyant personne et poursuivant son idée, répondait:

C'est cela... je crois l'entendre.... quoi!

Enfin le maître, hors de lui, jeta par terre la canne qui le rendait invisible, et s'en vint saisir au collet son insolent valet de chambre, avec la seule main qui fût capable d'exprimer sa colère.

Monsieur! s'écrie la cuisinière anéantie.

Monsieur! dit le Frontin désarmé.

Je vous chasse tous deux.

Mais monsieur...

Je vous chasse, entendezvous? silence! Donnezmoi ce qu'il me faut pour m'habiller: demain vous sortirez d'ici tous les deux.

Il s'habilla.

Le valet, voyant la verdure qui recouvrait les vêtements de son maître, ne put s'empêcher de dire:

Où donc monsieur atil été? qu'estil arrivé à monsieur?

Le maître ne répondit point, il ne dit que ces mots en partant:

Vous reporterez ce soir cette canne chez M. Thélissier, et vous demanderez mon parapluie que j'y ai laissé.

Oui, monsieur.

Et la canne resta aux mains d'un domestique renvoyé!

XIV

NOUVEAUX PÉRILS

Aussi courutelle plus d'un danger.

Rosalie, trop affligée pour aller au spectacle, rendit à Joseph sa liberté.

Joseph se prépara tristement à reporter la canne chez M. Thélissier.

Mais, chemin faisant, il rencontre un ami.

On cause; Joseph confesse que son maître l'a renvoyé; l'ami s'étonne, il connaît une place vacante, on lui a demandé quelqu'un; il propose d'entrer chez un marchand de vin pour causer de l'affaire plus à l'aise. Joseph accepte, on boit beaucoup.

D'autres personnes viennent chez le même marchand de vin.

Un plaisant désire la place de ces messieurs; la plaisanterie est mal prise. Joseph est querelleur; il menace, il fait valoir la canne. On méprise la canne; la canne s'indigne, elle agit.

Injures, coups de pied, coups de poings, coups de canne; les combattants se poursuivent dans la rue. La querelle s'échauffe à tel point qu'on sent le besoin d'un commissaire de police. On court chercher le commissaire.

Pendant ce temps, les deux champions se disputent la canne, l'un pour la garder, l'autre pour la reprendre, elle donne trop d'avantage à son ennemi.

Bref, dans la lutte, tous deux la tiennent de la main gauche.

Le commissaire arrive.

Où sontils?

Plus de combattants.

Vous m'aviez dit que deux hommes se battaient! je ne les vois pas, dit M. le commissaire.

Ah! je les entends, reprend la servante; ils sont sans doute dans l'autre rue.

Ô mystère! on entend des injures épouvantables, on ne voit personne; personne que des témoins hébétés qui regardent sans rien comprendre.

Enfin les deux ennemis, épuisés de fureur, lâchent la canne tous deux en même temps et viennent tomber aux pieds de M. le commissaire, que leur chute fait reculer d'un pas. La canne est tombée avec eux.

M. le commissaire d'un air trèsmajestueux la ramasse. Comme il a besoin de toute son éloquence et qu'il parle plus facilement de la main droite, il prend la canne de la main gauche.

Plus de commissaire!

Éclipse totale d'un commissaire de police!

Ah! dit le marchand de vin aux deux querelleurs, M. le commissaire est là qui va vous mettre à la raison.

Eh bien, où estil donc, M. le commissaire? il était là il n'y a qu'un instant.

Je l'entends qui parle, dit quelqu'un.

En effet, M. le commissaire, quoique invisible, n'en était pas moins conciliant; son discours pacifiant allait toujours son petit train. Son attitude était trèsnoble, son air trèscalme, malheureusement ce beau maintien était perdu.

Enfin Joseph, revenu à luimême, demande sa canne; il crie qu'on lui a volé sa canne, et M. le commissaire, pour la lui rendre avec plus de dignité, la fait passer dans sa main droite.

M. le commissaire reparaît.

Comme il y avait de chaque côté du cabaret deux portes qui donnaient sur deux rues différentes, ces disparitions merveilleuses furent expliquées, et, la querelle terminée, on ne s'en inquiéta plus. M. le commissaire fit une allocution pleine de sagesse aux deux ennemis, qui s'humilièrent.

Joseph se hâta de reporter la canne chez madame Thélissier, qui s'empressa ellemême de la renvoyer à M. Dorimont, sans se douter, la pauvre femme, des tourments qu'elle lui préparait.

Que ceux qui ont retrouvé un amour qu'ils croyaient perdu, qui ont sauvé un ami en danger, qui ont obtenu la grâce d'un condamné, qui ont vu guérir un malade, qui ont refait leur fortune, se figurent ce qu'éprouva Tancrède en retrouvant son trésor égaré. Pour nous, nous reconnaissons l'impossibilité de le décrire.

XV

SÉDUCTIONS

Une fois rentré en possession de son trésor, Tancrède ne songea plus qu'à ses amours, et la canne lui fut trèsutile pour continuer ses assiduités.

Tancrède allait presque tous les jours chez madame Thélissier; mais il se rendait chez elle si adroitement, qu'il ne pouvait la compromettre.

Sitôt qu'il arrivait dans la rue de Gaillon, il passait la canne dans sa main gauche et devenait invisible. Il entrait ainsi dans la maison à l'insu du portier; il montait l'escalier, il sonnait, on faisait attendre un instant, puis le domestique venait ensuite ouvrir la porte: ne voyant personne, il s'avançait vers l'escalier pour savoir qui avait sonné, et s'écriait:

On est parti!

Pendant ce temps, M. Dorimont entrait chez Malvina.

J'ai trouvé la porte ouverte, disaitil.

Ce sont mes enfants qui l'ont laissée ouverte sans doute; Pauline ne sait pas encore la fermer.

Et le merveilleux s'expliquait toujours.

Tancrède restait avec Malvina tant qu'elle était seule; s'il entendait venir quelqu'un, il se levait et s'en allait bien vite, en repassant la canne dans sa main gauche.

De sorte que jamais on ne le voyait chez madame Thélissier, ou du moins rarement, et pourtant il y venait tous les jours.

Malvina ne se doutait de rien, et comme elle évitait de prononcer le nom de M. Dorimont, parce que ce nom la faisait rougir, elle ne s'apercevait pas qu'on ne parlait jamais de lui; elle croyait que ce silence venait d'elle, et elle ne songeait pas à s'en étonner.

Tancrède était heureux; il était aimé, on ne le lui cachait pas; mais il y avait encore loin de l'aveu chaste qu'il avait obtenu, au bonheur cruel qu'il ambitionnait.

Cette petite femmelà qui paraît si naïve, pensaitil, sera trèsdifficile à entraîner.

Il avait raison. De nos jours, il n'y a plus que la candeur qui soit farouche.

Cette situation est insupportable, se ditil un jour; je ne puis pas vivre plus longtemps dans cette incertitude, et d'ailleurs ma canne! il faut bien l'employer.

Il réfléchit beaucoup, et il alla voir une seconde fois Robert le Diable pour s'inspirer.

Madame Damoreau était encore à l'Opéra, à cette époque; elle chanta d'une manière si admirable l'air du quatrième acte: Grâce! grâce pour toimême! et grâce pour moi!... et elle était si jolie à genoux, que Tancrède fut électrisé.

Il ne comprit rien à la générosité de Robert; la musique est si belle, qu'elle produit précisément l'effet contraire à celui qu'elle doit produire dans l'ouvrage. C'est là le mérite. Tancrède sortit de l'Opéra passionnément impitoyable, et il se dirigea vers la demeure de Malvina, armé de sa canne diabolique.

Et la pauvre Malvina, à ce pouvoir magique, à ce prestige, n'avait rien à opposer, ni talisman, ni chaperon, pas même ce redoutable défenseur des jeunes femmes, cette égide qui les préserve souvent dans de bien grands périls: la présence de ses enfants; car le protecteur naturel des femmes est moins un vieux père, un grand frère, qu'un tout petit enfant.et Malvina, par un hasard fatal, n'avait près d'elle ni ses fils ni sa fille ce soirlà, depuis deux jours elle les avait confiés à leur grand'mère, par crainte de la rougeole qui était dans sa maison. C'était un soin prudent; mais, hélas! cela porte toujours malheur à une jeune mère, de quitter ses enfants.

Il était minuit!

XVI

GRÂCE! GRÂCE POUR TOIMÊME!... ET GRÂCE POUR MOI!

Quoi, Monsieur, vous ici?... à cette heure?... Mais c'est affreux!...

Malvina!

C'est infâme!

Estce à moi que vous devez parler ainsi, Malvina? Je croyais que vous m'aimiez?...

Oui, je croyais... mais... mais comment êtesvous ici? Qui vous a fait entrer?... Si Joséphine était capable...

Ne l'accusez pas; ce n'est pas elle.

Je la chasserai!

De grâce, calmezvous; personne ne m'a vu venir.

Une heure du matin!... Venir chez une femme qui ne vous a jamais donné le droit d'agir ainsi! chez une femme qui vous aimait... qui aurait sacrifié sa vie pour vous, qui avait confiance en vous. Ah! c'est horrible!

Rassurezvous, madame; je vous aime, vous êtes libre auprès de moi. Je ne voulais que votre amour; mon seul tort est d'y avoir cru.

Qui vous a fait entrer ici? Expliquezmoi ce mystère. François vous estil vendu?

Je n'ai séduit aucun de vos domestiques, madame, et si ma présence vous irrite à ce point, je puis m'éloigner sans qu'aux yeux de personne vous soyez compromise.

Je ne vous comprends pas, c'est à devenir folle! Dites, par où êtesvous venu?

Par la fenêtre, répondit Tancrède audacieusement.

Ah! mon Dieu! s'écriatelle, il pouvait se tuer...

Et Tancrède improvisa ce mensonge:

J'étais chez un jeune peintre de mes amis, qui demeure près de vous. Les fenêtres de son atelier donnent sur votre cour. Je l'ai quitté ce soir, à l'heure ordinaire; mais au lieu de sortir par la porte, je suis monté sur la terrasse, de là sur les toits... et j'ai pu pénétrer dans cette maison par la fenêtre du grenier qu'on a laissée ouverte.

Ce récit était absurde, et par cela même il fit bon effet. L'extravagant est le probable, en amour.

Malvina fut si épouvantée du danger que Tancrède avait couru pour elle, qu'elle lui pardonna sa témérité.

Mon Dieu, ditelle, quelle folie! cette maison est si haute!...

Tancrède, voyant le cœur de la femme reparaître, éprouva quelque honte d'avoir par un mensonge usurpé cette pitié; il perdit de son audace.

Puisque mon imprudence vous offense, ditil, je vais vous quitter; mais avant de me renvoyer si cruellement... Malvina, pardonnezmoi.

Vous ne pouvez partir; redescendre de cette terrasse serait plus difficile que d'y monter. Il faut attendre.

Attendre qu'il fasse jour, pour qu'on me voie?

Non, il faut vous cacher.

Où me cacher?...

Elle réfléchit un moment, puis elle reprit:

Dans la lingerie... oui, personne n'y viendra. Vous y resterez jusqu'au matin, et puis quand tout le monde sera levé dans la maison, à l'heure enfin où vous pourriez vous montrer convenablement, vous partirez...

Non, j'aime mieux vous quitter; je me repens déjà d'être venu, ditil avec tristesse.

Que vous êtes méchant!

Il voulut s'éloigner.

Elle frémit.

Attendez un moment encore, ditelle, peutêtre y atil un autre moyen...

Si c'est pour m'épargner un danger que vous me retenez, madame, rassurezvous, je n'ai rien à craindre.

Vous ne pouvez repartir par cette terrasse, je ne le veux pas.

Ah! c'est juste, repritil avec amertume, si l'on trouvait un homme tombé d'une fenêtre de votre maison, cela pourrait vous compromettre.

Elle fut si blessée de cette idée, qu'elle n'y répondit point.

Elle était agitée, elle tremblait; enfin, elle prit un parti.

Restez, monsieur, ditelle froidement.

Puis elle s'approcha de la cheminée, ranima le feu, alluma d'autres bougies, ferma les rideaux de son lit, et, s'étant enveloppée d'un grand châle, vint s'asseoir dans un fauteuil, en faisant signe à son hôte importun de prendre une chaise en face d'elle.

Tancrède s'établit alors comme une visite, elle comme une voyageuse résignée à passer la nuit dans le salon d'une auberge dont toutes les chambres sont occupées.

Tancrède la regardait en silence; tant de calme et de fermeté le révoltait.

Elle ne m'aimait point, pensaitil, je m'étais trompé.

Cette pensée le faisait souffrir; il voulut s'en venger. Il affecta une grande indifférence, et joua le rôle d'un homme subitement guéri de son amour; il sentait sa situation ridicule. Malvina avait sur lui trop d'avantages par sa froideur et sa dignité; il voulut la déconcerter en détruisant ce prestige, en ôtant à cette scène toute la solennité que le maintien grave de madame Thélissier lui donnait.

Alors il prit la parole, comme s'il causait dans un salon, et dit d'un air parfaitement sérieux:

Vous savez, madame, que M. Guizot a offert sa démission?

Malvina, qui ne s'attendait nullement à M. Guizot, à cette heure, ne put s'empêcher de sourire.

Il est un peu tard pour parler politique, ditelle.

Oh! je n'y tiens pas...

Il se tut encore quelques instants; puis il reprit avec le même aplomb:

Scribe se met, diton, sur les rangs, pour être de l'Académie; on croit qu'il sera nommé.

Elle sourit encore malgré elle.

Quelle manie de conversation avezvous donc? ditelle.

Quoi! vous voulez que je reste sans mot dire, sans dormir, sans aimer, depuis deux heures du matin jusqu'à deux heures de la journée? car il ne sera pas convenable que je m'en aille avant l'heure où j'aurais pu venir.

Et bien! causez, dites ce qu'il vous plaira.

Il resta quelques moments à chercher, après quoi il continua:

Vous avez là de jolis flambeaux, madame, mais je remarque sur ces étagères plusieurs choses du même genre, ces vases, ces flacons; vous aimez donc beaucoup les Chinois, madame?

Ce mot de Chinois est en possession de faire rire depuis des siècles, on ne sait pourquoi; mais prononcé d'une manière si pédante, à cette heure et dans la situation romanesque où se trouvait Malvina, ce mot était irrésistible, elle ne put l'entendre sans rire. Tancrède, la voyant moins sévère, ajouta:

Vous n'avez jamais réfléchi, madame, à cette préférence qui vous entraîne, à votre insu, vers le Chinois?

Non, monsieur, réponditelle, il fallait qu'un homme vînt à cette heure, chez moi, malgré moi...

Elle ne put achever, et se mit à rire franchement.

Ah! vous vous moquez de moi, ditil avec grâce, et vous avez raison.

Mais en disant cela, il se rapprocha d'elle et voulut lui prendre la main; elle la retira vivement.

Non, laissezmoi, ditelle, je vous en veux; je ris, parce que cette situation est ridicule, et que vous me dites des folies; mais sérieusement votre conduite me fâche, et je regrette la confiance que j'avais en vous.

Pauvre femme! ces paroles étaient une grande faute, car elles ramenaient la conversation et toutes les pensées vers l'amour. Quand on est fâché contre un homme qu'on aime, c'est une trèsgrande faiblesse que de lui parler de ses torts; c'est risquer qu'il se justifie; et c'était une grande imprudence pour une si jeune femme que de s'exposer à écouter les excuses d'un si beau jeune homme, à deux heures et demie du matin. Un pardon accordé à cette heure est bien vite un crime pour tous deux.

Hélas! il se justifiapar la seule excuse qui explique de semblables imprudences, par trop d'amour; et c'est une bien bonne excuse près d'une femme! Il demanda pardon si humblement, qu'on n'osa plus lui en vouloir. Il était si malheureux d'avoir déplu, qu'il fallut bien le consoler.

Que vous diraije? à peine quelques minutes s'écoulèrentet un changement notable s'était opéré dans le dialogue de ces gens naguère si irrités l'un contre l'autre. La conversation était devenue plus en harmonie avec l'heure, le lieu et la situation des personnages; on n'avait plus besoin, pour la soutenir, de parler ministère, académie, et il ne fut plus question une seule fois de l'élection de M. Scribe et de la démission de M. Guizot.